符号作品系列散文卷

岁月笔记

符 号 著

黄河出版传媒集团

阳光出版社

图书在版编目（CIP）数据

岁月笔记 / 符号著. -- 银川：阳光出版社，
2021.11
（符号作品系列. 散文卷）
ISBN 978-7-5525-6157-9

Ⅰ.①岁… Ⅱ.①符… Ⅲ.①散文集－中国－当代
Ⅳ.①I267

中国版本图书馆CIP数据核字（2021）第243598号

符号作品系列 散文卷　**岁月笔记**　　　　　　　　符　号　著

责任编辑　林　薇　胡　鹏
封面设计　杨智麟　唐小糖
责任印制　岳建宁

黄河出版传媒集团
阳　光　出　版　社　出版发行

出 版 人　薛文斌
地　　址　宁夏银川市北京东路139号出版大厦（750001）
网　　址　http://www.ygchbs.com
网上书店　http://www.shop129132959.taobao.com
电子信箱　yangguangchubanshe@163.com
邮购电话　0951-5014139
经　　销　全国新华书店
印刷装订　四川立杨彩色印务有限公司
印刷委托书号　（宁）0022134

开　　本　880mm×1230mm　1/32
印　　张　6.5
字　　数　150千字
版　　次　2021年11月第1版
印　　次　2022年1月第1次印刷
书　　号　ISBN 978-7-5525-6157-9
定　　价　48.00元

《岁月笔记》序

潘年英

　　记不清最初是怎么认识符号的了。印象里好像是他在网上买到了我的《故乡三部曲》中的两部《木楼人家》《故乡信札》，还差一部《伤心篱笆》，于是他通过我的博客找到我，并问我能不能送他一本《伤心篱笆》，以补齐这套书。我答复，可以。随后我把书寄给了他。

　　作为回报，他也给我寄来一本他的著作，书名我忘记了，但内容是写他的爱情经历的，好像是一组情书，我当即就看了好几篇，我觉得他的写作有一种朴实而率真的品质，这种品质恰恰是当代中国文学最缺乏的。多年前我就说过，中国文学从来不缺乏虚情假意矫揉造作的华章，却鲜有诚实而单纯的篇什，这跟我们的文化土壤有着紧密的联系。符号的作品却似乎是个例外。这倒不是说符号的作品如何了得，而是他不太懂得所谓的"文学之道"的缘故。在中国这片古老的土地上，各行各业都有各自的许多章法和规矩，文学自然也有其章法和规矩，比如我们的文学喜欢追求所谓的"大叙事"，崇尚主题的"升华"，这大概是从先秦散文和汉赋遗留下来的传统了。但文学其实是很个人和小我的，《诗经》里就不乏这样的低吟浅唱，开篇的《关雎》本来就是很率真的爱情歌唱，却不幸被人们诠释为什么"后妃之德"了。所以我第一次读到符号的作品时，内心里有一种别样的感动，就是我从他的文字里看到了一种久违的质朴和天真。我以为这是一种很好的文学品质，也是我多年来一直在倡导的东西。

一个人的文字，当然与其品行修为相关联，所谓"文如其人"，这话真是说得一点没错。我后来结识了符号，发现他是我遇到过的为数不多的特别真诚而厚道的人之一。众所周知，当我们在用"厚道"这个词来形容一个人的人品的时候，其实差不多是等于在评说这个人有些"愚笨"。我得承认，符号给我的印象的确是有些"愚笨"的。比如我每次到水城，他都主动为我订好宾馆客房，又邀来一大堆文学爱好者陪我喝酒聊天，所有的单都是他一个人埋的。我曾经劝他别这样慷慨，毕竟，你的收入不多，手头并不宽裕，但他总说没事，钱是身外之物，只有花出去了才叫钱，所以称作花钱，没花出去的钱就是一张废纸。

除了那次读到符号的那个爱情故事集，我很少看到符号的其他文学作品，所以在很长时间里，我一直以为符号对文学可能并不执着。直到他最近给我发来他的三部文学作品书稿的电子版，我才知道符号对待文学也跟对待爱情和朋友一样，其实是很真诚而执着的。后来，他亲自打印出来邮寄给我"斧正"，并嘱我写这部《岁月笔记》的序，因为我最近一直在医院陪护料理病重的老母亲，所以本来只打算选择其中的几篇来读，没想到一看却被他精彩的人生故事和朴素的文学叙述深深吸引了，竟然不知不觉通读了全部的书稿。

《岁月笔记》作品共分"人间真情""感悟人生"和"乡土情深"三辑，每一辑各有侧重。但主题却非常集中，就是书写故乡的人文故事。可以说，这里的每一个字都散发着符号对故乡的一往情深。我尤其喜欢他写自己亲人故事的那些篇章，比如《岳父岳母》《父亲》，还有《家族往事》等等。这其中的精彩和巧合，让人觉得符号本身就是一个传奇，我甚至有点遗憾，他不会用这些素材来写作小说，否则真的精彩至极。不过，我想，符号不把这些素材加工为小说也很好，因为跟刻意虚构相比，那些朴素的写实文字其实才更加具有打动人心的力量。

且为序。

2020年12月23日写于凯里

目 录

第三辑　乡土情深

第一辑

人间真情

家族往事

一

在祖国西南部，云贵高原黔西北乌蒙山麓的水城县南开乡凉山村，有一个叫臭水井的自然村寨。臭水井这个地名源于此地有一水井，因流入水井的水经过之处含有酸性的硫黄，久而久之水流过的地方泥土变为黄色，就像钢铁生了锈一样，且含有些许硫黄的异味而得名。这个寨子地处水城、纳雍、赫章三个县的交界处，被群山包围。在群山之中有大片大片的山坡地，山坡地间零星地分散着小块的平地和盆地。这里的人家住房大多随着两排大山的山脚，依山而建，三家五家或十家八家集中在一起，随着山势的走向绵延十余里。

臭水井海拔均在2000米以上。因地势高寒，自古被称为凉山。在民国之前，凉山山高林密，人迹罕至，虎狼成群，是强盗土匪经常出没之地。据臭水井现存的近代坟墓来看，最早迁来凉山臭水井居住的，应该是浙江绍兴的杨姓和江西的符姓。之后，又陆续从毕节等地迁入了付姓、解姓、蒋姓、颜姓、黄姓、郭姓、李姓、曹姓等人家。

在臭水井，符姓是大姓，现有二十余户，其他的均为小姓，各有三五户或七八户不等。自从各自的祖先从不同的地方迁来此地安营扎寨，两百余年间，世世代代和睦相处，相安无

　　　　　　　　第一辑　人间真情

事。那么，符姓祖先是什么时候，从什么地方来到臭水井落的脚？据谱书记载和祖辈世代相传下来的零星记忆，可推测符姓入黔始祖江西第二十八世继崇公，于清朝高宗弘历年间，与堂兄继層公从江西省南昌府丰城县剑池乡桐林里扶岐上社保金华山，就是现今的江西省丰城市丽村镇扶山村的地方出发，一路向西，翻山越岭，风餐露宿，风尘仆仆，经长途跋涉，进入了贵州黑羊大箐，最终抵达了当时属贵州省大定府管辖的水城县南开乡凉山臭水井。继崇公和继層公为何要阔别富饶之地江西，来到荒蛮之地贵州？至今还是一个解不开的谜。

来到贵州的继崇公和继層公又为何定居在海拔2000余米、土地贫瘠、交通非常落后的臭水井呢？原来浙江绍兴人杨嵩在距离臭水井三公里的汞山坝子，开办了一个银厂，银厂极为兴旺。因杨嵩没有男丁，只有一个女儿。杨嵩为让他所办的银厂后继有人，便招继崇公为上门女婿。就这样，继崇公在臭水井安家落户，并继承了岳父杨嵩开办的银厂。据曾祖父传下来的说法，在臭水井居住大概一至两年后，继層公迁到水城县金盆乡凹盆底居住，并在凹盆底安家落户。之后，大概过了七八年的光景，江西第二十九世绪赟公从江西送谱书给继崇公和继層公，便定居在水城南开街上。

杨嵩给继崇公及其女儿杨氏办完婚事后，继崇公就一心一意协助岳父杨嵩打理银厂。由于银矿所在地汞山坝子山高坡陡，既无水，又无煤，开采出来的矿石，要运到离厂三公里开外的沙冲南麓进行冶炼，炼矿场地面积约占两平方公里，建了若干座炉子，冶炼矿石的灰渣堆积成两座百余米高的小山，当时人们就把这个烧炉炼矿的地方称作杨家炉。杨家炉这个地名沿用至今，属于南开乡凉山村大寨村民组，现在此处还居住着上百户人家。运送矿料极为艰难，均靠人背马驮，路途要翻越一座大山，不得不开山炸石，修筑了一条3000余米的石梯子路。石梯子路迄今基本上还保持着原貌，一直以来为人们提供诸多便利，体现了其存在的价值。

继崇公在协助岳父杨嵩办银厂将近一年后，便与妻子杨氏生下一名男婴，取名为绪璜。继崇公的聪明能干，赢得了岳父杨嵩的欢心，杨嵩将全行家业及银厂交给了继崇公料理，并把办银厂的一切冶炼技术及经验毫不保留地传给了继崇公。继崇公也一门心思潜心学习，学思践悟，不到两年，继崇公便熟练地掌握了办银厂的一切技术。几年时间，继崇公把银厂办得红红火火。之后的十余年时间里，继崇公与妻子杨氏先后生有四子二女，长子绪璜、次子绪强、三子绪刚、四子绪涌；长女早殁，次女老五嫁回了江西丰城，适配大祥州肖姓。

继崇公的岳父杨嵩及岳母去世后，继崇公花了大量的人力、物力、财力，将其岳父岳母合葬，修建了一座帽坟。将近200年过去了，现今这座帽坟依然完好无损，每年的清明时节，我们都要去上坟挂青。

万仞高山因为被挖空而塌陷，形成一个2000米见方、四周峭壁悬崖的大盆地，就是现在的落银厂。该遗址面积约二三百亩，有昔日开凿的铅锌矿洞20余个，且多为竖井，深度均在200米以上。少数矿洞保存较好，进洞石梯子多有垮塌，洞门宽高一般在2米见方，东侧的山上，有塌陷或露天开采痕迹，其西南斜坡上，也有些铅锌矿洞。继崇公艰苦奋斗十余年，挣得一笔钱买下了上千亩田地、山林，造福于子孙后代。继崇公买的田地，稍远点的有玉兰八厢田，大寨河边，坞铅新水，纳雍琨寨上马田、下马田，大多数田地和山林均在凉山。

俗话说"树大要分丫，儿大要分家。"继崇公的四个儿子，长子绪璜公先后娶妻谢氏和彭氏，成家后，迁徙到水城县

　　　　　　　　　　　　第一辑　人间真情

南开乡穿洞村，其后裔也有迁纳雍县百兴镇和黄家屯乡的。

次子绪强公，当时虽然说还没结婚，但跟着父亲学到办矿厂的技术后，就独自一人到了赫章。但因年代久远，再加上当时信息闭塞、文化落后，绪强公是何时去的赫章？去赫章做什么？是在赫章具体的哪个地方？这些谁也不知道。直到2008年的初秋，迁到赫章县水塘乡近200年的绪强公后裔符荣、符奎，他们二人根据绪强公带到赫章的族谱，才找到了水城县南开乡凉山村臭水井。符荣算我的叔辈，符奎与我同辈。他们根据族谱上提供的地名水城喃呲凉山臭水井，按图索骥。在一个星期天的早上，他们到水城场坝的一家早餐馆吃早餐时，向餐馆老板询问喃呲凉山臭水井这个地名，餐馆老板说不知道。幸好在餐馆吃早餐的一个顾客说，他不知道小地名臭水井，但他知道喃呲指的就是现在的南开，喃呲是很早以前的说法了，现在叫南开，并说去南开是在场坝桥洞脚坐中巴车，车很好等，半个小时一个班次。他们吃好早餐，就到了场坝桥洞脚坐上了开往南开的中巴车。

一上了中巴车，他们就问同行的人，知不知道南开有个叫凉山臭水井的？车上人说不知道，让他们在南开街上下车后再问一下。他们到了南开街上下车，问了一家街上的住户，幸好这家住户知道凉山臭水井这个地方，但说从街上去还有十四五公里，走路要两个多小时。没有中巴车去凉山臭水井，但可以坐电三轮去。让他们在街上问一下那些骑电三轮的，应该知道。于是，他们就在街上找到一个骑电三轮的年轻小伙，一问刚好这个小伙就是凉山村的，但他说他不是臭水井的，臭水井离他家有两三公里。到此，他们悬着的一颗心才算平静下来。他们又问这个年轻小伙，知不知道臭水井有没有姓"符"的，不是古月"胡"，是竹头"符"，年轻小伙说，有啊，就是竹头"符"，和我们是一个村的，人口还较多，和我们还很熟。就这样，他们花了40元坐了这个年轻小伙的电三轮，不到一个小时，就到了臭水井。

年轻小伙指着路边几户人家说，这几户都是姓符的，你们可以下车了。他们下了电三轮没走几步路，便遇上了我的侄儿符仁道，他们问我的侄儿是不是姓符的，是不是竹头"符"？我的侄儿说是姓符。他们总算松了一口气说，快200年了，终于找到家族了。

看了他们带来的族谱，才知道绪强公迁徙到赫章县水塘乡。绪强公凭借自己跟父亲学到的办矿技术，在水塘开办铅锌矿。并在水塘娶妻生子，成家立业，其后裔有迁赫章县兴发乡的。

三子绪刚公，据说迁贵州毕节，但至今还没有任何音讯。

四子绪湧公，因要看管凉山臭水井的田地、山林和守护祖坟，便留在了老家臭水井繁衍生息。我就是绪湧公第七代子孙。

二

绪湧公娶妻罗氏，生有一男三女，男儿取名其昌。由于绪湧公重男轻女的封建思想极为严重，加之其昌公又是独子。父母对其昌公溺爱，从小娇生惯养，过着衣来伸手，饭来张口的舒适日子。其昌公二十多岁了，还不会下地干农活。其昌公幼不学，壮不行，四体不勤，好吃懒做，真正成为了一个不懂人情世故的纨绔子弟、公子哥儿。其昌公终日以吸食鸦片为主虚度一生，且将田地兑换成大烟，并雇佣人打理吸食，直到生命的最后一刻。祖根父业被吸了个精光，真是封建的老子遇着了败家的儿子啊！现今在我老家的门口，有一块离家仅有300多米远的上等地，称之为"顾家大地"，真是匪夷所思，这不是继崇公买下的田地吗？那这片土地为何叫"顾家大地"呢？原来是其昌公将这片上好的土地与其嫁到玉兰顾家的女儿，兑换了八两鸦片烟，从而土地易主，故名"顾家大地"。"顾家大地"的主人顾氏一族一直种到1956年。

其昌生有一子，取名煌发，因为家业被其父败完，煌发公无立锥之地，居无定所，吃饭靠帮工，住房是搭简易的窝棚。白天，背着孩子帮活。晚上，背着孩子凭借月光挖地边地角，在石旮旯种过冬的粮食。搭窝棚的地方，就在现在我家老屋后的大箐中的山坳里，现在为郭氏后人的一处墓地。煌发公生有一男一女，男儿取名炳成。炳成公就是我的曾祖父。曾祖父出生在贫穷苦难的家庭里，饱受寒冷、饥饿之痛苦。饥寒交迫的日子促使他锻炼出坚强的意志品质。曾祖父12岁就开始学驮马做生意，每天从凉山臭水井出发，驮马到赫章的妈姑，往返有100公里的路程，每天都是早出晚归，披星戴月。曾祖父历经十余载的艰辛，终于挣得120块银元。

曾祖父挣得120块银元后，想的第一件事，就是要取回继崇公曾经买下而又被其昌公败完的田地和山林。在那个时代，120块银元就可买下供上百人生活的田地。首先，曾祖父是想取回被迁到南开乡穿洞村的绪璜公后裔，安与杨姓耕种的坞铅新水的那片田地，但因当时杨姓是当地一位有点头面的人物，没有取成。之后，曾祖父又想取回也是南开穿洞村绪璜公后裔安与玉兰顾氏耕种的八厢田那片田地。这次顾氏不想让曾祖父取回，但顾氏不是硬卡，而是采取软办法，求曾祖父说："符大爷，您把田地取回去，我一家就没法生活了，您忍心看到我们饿死吗？"曾祖父素来心地善良，顿时心软，当场表态不取回。两次取不成，在南开穿洞村居住的小曾祖父两辈的绪璜公后裔符丕成说："大爷，河边田，屋边地，我看您附近的那片地，虽然说是高山，但土质还是不错的，反正您一家人生活是绰绰有余的，您就取回那片地吧？"曾祖父回答说："也只有这样了。"最终，曾祖父听从了族人符丕成的建议，取回了凉山的土地及山林。凉山的土地、山林上千亩，而今均属于臭水井人民耕种和管理。

从曾祖父的祖父其昌公到曾祖父，三代都是单传。到了清朝光绪年间，居住在臭水井的付姓族人渐渐强盛起来，先后几年同辈中出生了几个力大无比的壮汉，特别是付顺卿、付顺成、付斑鸠较为出名，形成了以付顺卿为首，拉拢了周边几十里之内的一些好汉，结拜为兄弟的一个土匪团伙。春天，别人播种，他们则游手好闲，到了秋天，他们就只管到处抢收庄稼。但他们有个仗义的原则，就是遵循"兔儿不吃窝边草，老鹰不打窝下食"的古话，对方圆百里之内的邻里百姓，从不巧取豪夺。

在曾祖父17岁那年，长曾祖父近10岁的付顺卿曾多次劝说曾祖父加入他的土匪团伙。曾祖父向来就没有行凶作恶的秉性，曾祖父在无法推却的情况下，便趁机借口对付顺卿说："大哥，我家是三代单传，我不敢加入您的团伙，去做那些事情。"曾祖父知道"多行不义必自毙"的道理，深知行凶作恶之人，命不会长。写到这里，我突然想到我老家有个地名叫"抢媳妇垭口"，关于这个地名的来历还与付顺卿的土匪团伙有关呢。这个地名的由来及故事，我在本书第三辑"地名趣谈"专门作叙述，这里就不赘述了。

在那个豺狼当道、土匪横行的时代，贪官污吏、土豪劣绅随时都可以敲诈、盘剥、勒索，不管是受到天大的委屈，曾祖父总想本家三代单传，话到嘴边不敢说，连树叶落下都怕打着脑壳。在凉山那个地方抢媳妇的事件屡见不鲜，就在民国时期，曾祖父的女儿，也就是我的大姑奶十七八岁时，就被金盆挐扯土目派爪牙生拉硬扯地抢去，给当时任号目的李少文为妻，曾祖父只有忍气吞声，忍辱负重。

　　曾祖父从42岁至55岁的14年间，曾遭遇土匪打家劫舍达3次之多。每一次曾祖父的全部家当都被土匪搂个精光，每一次遭遇打劫之后，家徒四壁，水尽鹅飞。不仅如此，每次土匪搂光家产的同时，若能抓住人，还要把人抓走作人质，和钱和粮，限定期限借交。否则，被抓去的人不但要遭受酷刑，匪徒还要加码。

　　1935年4月的一天，赫章铁柱的土匪在搂完了曾祖父的家产后，还把来不及躲避的我11岁的大祖父抓去作人质。土匪托人带口信给曾祖父，让曾祖父3天以后带120块大洋去取人。曾祖父得知消息后，万分焦急，四处借钱。土匪把大祖父抓去后，对大祖父施行溺水井的酷刑，时称为"坐水牢"，就是指将人的整个身体全部没入水里，待看不见头，又随即提起来，接连如是。土匪每天对大祖父进行"坐水牢"多次，等曾祖父借到120块大洋赎出时，大祖父已经被折磨得肛肠拖出了几寸长，神经已经失常。

　　1942年3月的一天，曾祖父又被纳雍县左鸡嘎乡土匪杨黑狼掠夺，还把曾祖父抓去和钱。由于曾祖父是单兵独将，前无杀手，后无救兵，只有自己和土匪讲和，没钱就和成7石苞谷，相当于现在的4900斤，7天期限。若到了7天的期限，还没借到苞谷去交，就再次抓曾祖父去受刑。曾祖父走出狼穴后，去赫章窝尉花苗寨绪璜公姻亲邓营长大哥处诉苦借粮，邓营长大哥说："不用借，您搬来与我同住，我拿螺丝山脚的那块大地给您种，包您一家生活无忧，至于您家的土地由我安排其他人种，秋收时我用自己家的马过去就可以把粮食驮过来了。"

曾祖父口里不说，心中却在想，两个儿子眼看即将成人，老大一十有八，老二一十有二，跟随营长大哥，难免持刀使棍，本家已是三代单传，天有不测风云，人有旦夕祸福，说不好，怕断了香火。因此，回绝了营长大哥的好意。

营长大哥看出了曾祖父的心思后，接着说："那您在我府上暂住7天。"曾祖父在营长大哥家住了3天后，万分焦急，心想和土匪定的时间，只剩下4天的期限了，假如不回去借苞谷，期限一到，必受苦刑。于是，曾祖父执意要走，营长大哥苦留不成。曾祖父东奔波、西劳碌，经过4天的周旋，终于在期限的最后1天，向杨黑狼交了7石苞谷。交了苞谷的当天晚上，土匪杨黑狼就被人杀了。过后，曾祖父方知营长大哥留他在其府上暂住7天的话外之意。

1949年3月的一天清晨，纳雍县猪场乡的王花狗匪头唆使20多个匪徒，行色匆匆地来到臭水井，打开曾祖父院子的大门，冲进院内。说时迟那时快，祖父感觉情况不妙，顿时背着我只有一岁零一个月的父亲从后门逃走，跑到水井边的深山老林里躲避。曾祖父年近花甲，跑不动了，只好躲避在屋后的邻居蒋氏的一栋20平方米的土墙茅屋里。祖母刚生下我的二叔没几天，抱着二叔试图跑出门，但刚下床走了几步，还是走不了，只好坐回床上，眼睁睁地望着土匪横行。

曾祖父躲在蒋氏的小土墙茅屋里，被土匪察觉后，要把曾祖父抓去和钱和粮。小土墙茅屋只有一道独门，房门是用竹子编成的，称为"竹巴门"，曾祖父手持长柄大洋镖站在茅屋里的门边，从竹巴门的缝隙里窥视土匪，待看到土匪的身影一挨近房门，曾祖父就一大洋镖从竹巴门的缝隙里杀出来。来一个

　　　　　　　　　　　第一辑　人间真情

身影杀一洋镖，来两个身影就杀两洋镖……土匪见洋镖从竹巴门的缝隙里杀出来，不敢轻易地挨近竹巴门，就在地上随手捡起碗大的石头猛砸竹巴门。但因竹巴门是用竹子编的，有弹性，石头一砸在门上，就立刻反弹回来。土匪们连砸了五六次，均无济于事，打不开房门。王花狗匪头便命令其他匪徒说："彩红旗。"意思就是说放火烧房子。

正当匪徒准备实施纵火时，突然听到不远处传来的一声枪响。原来是距离两公里远的曾祖父的姻亲的第二个儿子张少华，在得知曾祖父被土匪打劫后，就毫不犹豫地带着十来个弟兄，带上他唯一的一杆毛瑟枪火速赶来救援。当张少华一行赶到距离曾祖父家一公里远的箐脚祝正清家处时，便放了一枪。

王花狗匪头听到了枪声，知道是有人来救援了，便提高嗓子对匪徒们喊道："水漫了，水漫了，赶快走……"意思就是说，有救兵来了，赶快逃走。随着王花狗匪头的喊声，土匪们便立即离开了。待到张少华一行十来个弟兄赶到时，土匪们已经远去一公里。幸亏是张少华他们来得及时，也托了那一声枪声的福，曾祖父才逃过了一劫。

全部家当被洗劫一空，无一粒粮食，眼前的生计问题怎么解决？日子如何过？加上，又正值春耕播种时节，没有了耕牛，庄稼难以种下去，今后的日子又怎么度过？这一切的一切都在曾祖父的脑海里回旋。在万般无奈的情况下，曾祖父的姻亲，即祖母的大哥陈忠全，作为纳雍县猪场乡的保长，也就是王花狗匪头所在地的保长，带曾祖父去找王花狗匪头求情，想要回一头耕牛种庄稼。但不管曾祖父怎么再三恳求，王花狗匪头就是不肯退回一头耕牛。不但如此，王花狗匪头还冷笑着对曾祖父说："符大老爷，你家就像那岩头上的一棚草，我不去割，别人早晚也会伸镰刀去割，何不如我先把它割了。"

曾祖父万分愤慨地对王花狗匪头说："俗话说'兔儿不吃窝边草，老鹰不打窝下食'，要横出几十公里，顺出几十公里，才算有本事。"

王花狗匪头听了曾祖父嘲讽的话后，不以为耻，反以为荣地说："共产党胜利，你就胜利；国民党胜利，我就胜利。"果真不出王花狗匪头所言，半年后，共产党派来解放军，为曾祖父退回了一匹骡子，王花狗匪头也得到了应有的惩罚。

新中国成立前夕，在南开乡穿洞村居住的绪璜公后裔族人小我曾祖父两辈的符丕成、符德全参加"土地改革"工作队，符丕成时任南开乡保安联防队大队长，符德全时任南开乡乡长。在符丕成、符德全的配合下，解放军抓到了王花狗匪头，符丕成、符德全通知曾祖父说："大爷，王花狗匪头被解放军抓住了，要报仇雪恨的快来了！"曾祖父却说："四哥、五哥，王花狗匪头，我饶他了！"

曾祖父，名炳成，字有元，于清朝光绪癸巳年，即1893年9月出生。他于1989年年正月初二辰时去世，享年97岁。对此，父亲还作了一首打油诗对曾祖父的一生作了总结，诗云："昌公吸毒败根业，遗予子孙白纸页。两轮癸巳赶驮马，百廿银元赎地叶。凉山瘠地出金果，温饱家园遭匪劫。三起三跌五十六，苞饭酸菜九七也。"

三

有关符氏，《元和姓纂》记载："鲁顷公孙公雅，为秦符玺令，因为氏。琅琊。"《姓氏急就篇》："符氏，鲁顷公之孙雅，仕秦。为秦符令。因氏焉。"《广韵》："鲁顷公之孙雅仕秦，为符玺令，因而氏焉，琅琊人也。"宋代欧阳修在为

《符氏族谱》撰写的序文，明代宋濂《符氏世谱记》，明代丘浚《世引堂记》，也基本上如上所说。以上文献说明符氏源出于姬姓，是周文王的后裔，"符玺令"是官名，所以符氏是以官职命名的姓氏。

符存审（862—924），江西符氏第一世始祖，字德祥，陈州宛丘（今河南淮阳）人，唐末五代时期前晋、后唐名将。因被赐为李姓，史册又载为李存审。符存审原是李罕之部将，后被晋王李克用收为养子。他辅佐李克用、李存勖两代晋王，累破后梁，驱逐契丹，大小百余战，未尝败绩，最终官至检校太师、中书令、幽州卢龙节度使，镇守幽州。同光二年（924），符存审被内调为宣武军节度使，结果还未接到诏命便在幽州病逝。赠尚书令，后追封秦王。

符存审年轻时有一次险遭处决。他曾被敌军俘虏，将要在郊外被处死。他在临刑之前，指着一堵危墙对行刑者道："请您在那面墙下行刑，以便让倒塌的墙覆盖我的尸体，也算为孤魂造福，不至无人埋葬。"行刑者见他可怜，随即答应了他的请求。便也就在这凄凉赴死的瞬间，这一举动为他延缓了一点时间。敌军主将一直在搂着歌妓饮酒，这时正想找人唱歌助兴。歌妓道："俘虏中有个叫符存审的，乃是妾身旧识，不如就让他击掌伴奏吧。"主将一时高兴，随命放回已在鬼头刀下的符存审。

关于秦王符存审，还流传下一个"遗镞诫子"的典故。符存审晚年对儿子道："我出身贫寒，自幼便携剑在外闯荡，历经40年方才位至将相。其间历经危难，数次冲锋陷阵，入万死而无一生，才有了现在这个地位。我一身伤痕累累，光从身上取出的箭头就有100多个。"他将这些箭头拿出来给儿子们看，让他们知道家业得来不易，要以奢侈为戒。这就是"遗镞诫子"的典故。

《旧五代史·卷五十六·列传八》和《新五代史·卷二十五·唐臣传第十三》均记载有符存审的功绩。根据现有史料记载，符存审有九个儿子。即长子符彦超，历任汾州刺史、晋州留后、北京留守、昭义节度使、秦宁军节度使。次子符彦饶，历仕后唐、后晋，历任曹州刺史、沂州刺史、金州防御使、滑州节度使，官至检校太傅。三子符彦图，入宋任骁骑将军，迁幽州衙内指挥使。四子符彦卿，历仕后唐、后晋、后汉、后周、北宋，历任凤翔节度使、守太师、中书令，累封魏王。五子符彦能，官至楚州防御使。六子符彦琳，历仕后唐、后晋、后汉、后周、北宋，官至金吾上将军。七子符彦彝，官至武安节度使。八子符彦伦，官至定远节度使、严州知州。九子符彦升，官至昭庆节度使。

符彦卿（898—975），字冠侯，陈州宛丘（今河南淮阳）人。五代及北宋初期将领，曾多次与辽朝军队作战。他出身武将世家，祖父乃吴王符楚，父亲是赫赫有名的秦王符存审。符彦卿兄弟9人均为镇守一方的军事将领。在这样的一个武将家庭中，符彦卿13岁即善骑射，年纪很轻，便成为五代后唐庄宗的散员指挥使。后晋时，迁武宁军节度使加同平章事。后汉中，加兼中书令，封魏国公，拜守太保。进入后周，周太祖时被封为"淮阳王"，任天雄军节度使，之后晋封魏王。在谈及五代至北宋初的著名将领时，符彦卿是一名绕不过去的显赫人物，他身经百战，丰功伟绩，名震四海。

四

出生于河南省周口市淮阳县新站镇李香铺村的中国作家

协会会员，文博副研究员，中华伏羲文化研究会理事，河南省博物馆学会理事李乃庆先生，以宣懿符皇后、宣慈符皇后和懿德符皇后为原型，于2015年年初创作了30余万字的长篇历史小说《符氏三皇后》。李乃庆说："五代十国的历史纷繁复杂、众说纷纭，我之所以克服万难，下定决心一定要写这部历史小说，正是因为这三位皇后的传奇经历极为打动人心，她们的事迹不应该淹没在尘埃之中，而是能够给今天的生活以启迪。"2015年8月8日至9日，李乃庆的长篇历史小说《符氏三皇后》初稿研讨会在宛丘客栈召开。世界符氏研究会秘书长符孟标，中华柴氏历史研究会副会长、高级工程师柴存才，历史学博士、安阳师院副教授、符氏文化研究会顾问符海朝，中国作协会员、周口市作协主席王相勤及符氏文化研究会的符秀君、符君健、符莲娜等出席研讨会。《大河报》《周口晚报》和周口网、淮阳电视台等媒体应邀参加了研讨会。

　　研讨会上，王相勤代表周口作协对符氏文化研究会的成员表示欢迎，并对研讨会选在淮阳召开表示赞赏和肯定。她说淮阳是古老神秘且优美的文化历史古城，不单是姓氏文化发源地，也是一切文化发源地，这次研讨会在淮阳召开，是符氏独具慧眼，有非同寻常的意义。对《符氏三皇后》初稿，她从四个方面进行了分析。首先是题材。五代十国是中国历史上大动荡时代，有大动荡必然会有文化的大繁荣，一部小说放在这样大的背景下会非常有写头，呈现的空间很大。其次，人物选择符氏一门三后这一鲜为人知的故事，给读者视角的冲击力很大。符氏三姐妹，除符氏宗族外，更多的读者都不太熟悉和了解，这样的人物会有故事、有看点、有读者，能提供耳目一新的东西。读者大都是普通人，喜欢关注皇族皇家的生活。另外，从叙述的角度、定位上来说，后周是中国历史上承前启后的历史时期，它拉开了宋代文化繁荣的序幕，这个选题既有现实意义也有历史意义。最后，小说的顺畅，没有阅读障碍，表明作者对语言掌控的成熟。

符氏文化研究会的成员也分别作了发言，中华周世宗柴荣皇家宗亲会会长柴存才评价说，该书结构严谨，史料翔实，故事情节生动感人，人物形象活灵活现，是一部非常有价值的关于五代乱世的历史小说，同时，小说中融入了厚重的淮阳文化，也是一部宣传淮阳人杰地灵的好作品。

针对小说中涉足的历史史实部分，与会专家也发表了自己的看法，做了认真的探讨，并希望作者在语言和结构上反复推敲琢磨，使之成为传世精品。

研讨会结束后，世界符氏文化研究会秘书长符孟标给我打电话说，他把我的地址和联系电话留给了作家李乃庆，作家李乃庆在几天后将把《符氏三皇后》初稿寄给我，让我认真校对，提出修改意见，校对完后立即将初稿及修改意见回寄给作家李乃庆。孟标宗亲还希望我积极动员族人征订《符氏三皇后》。果真4天后，我便收到作家李乃庆寄来的初稿。收到《符氏三皇后》初稿后，我利用工作之余，花了4个晚上边拜读边校对。之后，我又把初稿给父亲，请父亲校对一遍。在父亲校对的几天里，我联系我们当地族人，征求征订《符氏三皇后》有关事宜。一个星期后，我将我和父亲校对好的初稿寄给了作家李乃庆，至于对初稿的修改意见，我是用电子邮件的方式发给李乃庆作家的。我给李乃庆作家的修改意见如下。

乃庆作家，您好！

我是贵州省水城县的符号，用了4天的时间终于拜读完了您的大作《符氏三皇后》，我一边读，一边也做了认真的校对。有疑问和有错误的地方，我已经圈了出来，做了标记。

总的来说写得很好，结构紧凑、行文流畅、引人入胜，所反映的人物形象鲜明，故事生动形象，且与历史极为吻合，是一部不可多得的历史长篇小说。我没有大的调整和修改意见。现除了在原稿上修改的内容外，我再提以下几点意见仅供参考，若有不对之处，敬请批评指正。

一、关于小说章节标题的建议：第一章《月出宛丘》可否改为《红娘大将》，第七章《天造地设》可否改为《忍辱负重》，第十三章《闪光金环》可否改为《续弦金环》，第二十一章《出居房州》是否可改为《流放房州》，第二十六章《懿德皇后》可否改为《同室操戈》。

二、因作品中涉及的官职名称特别多，建议好好核对，并做到前后要一致。如"平章事"和"同平章事"是否同一官职，若是，应该要统一等。

三、在大作第二十六章的213页正数第七行后可否加上以下这一段文字：

对符彦卿一生的评价，曾给宋真宗当了多年贤相的王祜的儿子王旦，在符彦卿的墓道石碑上，曾刻了如此一首诗文《题符公魏忠宣王墓》："五朝恩宠更无前，花甲周流七十年。真有英才堪辅佐，谁言与世英推迁。老来得遂优游乐，身后还承宠渥偏。荒草夕阳埋玉处，行人下马拜新阡。"王旦诗中的"老来得遂优游乐"和《宋史·符彦卿传》上他在洛阳时的"优游自适"，证实了符彦卿去世前的生活和心境。

另外，请教乃庆作家，我们200多年前从江西迁到贵州时所带的族谱中字辈："继绪其煌，奕世丕昌。仁义是懋，发则长祥。我来自汴，渐次迭将。一本众叶，延满豫章。通都秀壤，各占名疆。山环水聚，曷若岐阳。地属丰邑，界在三坊。卜吉获此，子孙之康。"其中的"汴"字，指的就是现在的开封，那么开封又与淮阳有什么关系？

2016年9月下旬，《符氏三皇后》由中国青年出版社出版发行，在全国新华书店和各大网站隆重上市。《符氏三皇后》出版后，我通过微信转账给孟标宗亲，总共征订《符氏三皇后》十册。之后，我还收到一册有李乃庆作家签名的《符氏三皇后》，对此万分感谢。《符氏三皇后》大气厚重，我再次拜读，知道了李乃庆作家采纳了我提出的第二、三条修改意见，我不胜感激。

小说《符氏三皇后》讲述了五代十国这段中国历史最动荡的时期内，宛丘人符彦卿的三个女儿相继辅助后周皇帝柴荣及宋太宗赵光义成就帝业的故事。该书讲述的依然是乱世秘闻，五代十国是中国历史上最为动荡的时代，共有50多年的历史。陈州（今河南淮阳）人符彦卿历仕后唐、后晋、后汉、后周及北宋五朝，他有6个女儿，个个美丽高雅、贤惠端庄、多才多艺，其中两个做了后周皇帝柴荣的皇后，一个做了宋太宗赵光义的皇后。

符氏一门三后，一个随君南征北战，助君统一天下；一个垂帘听政，偕子治理国家；一个深明大义，助君成就帝业。姐妹三人忠义贤良、聪明智慧，累朝袭宠，堪称人臣之贵极也。一门三后，在中国历史上绝无仅有，然而，由于她们处在战火连天、遍地横尸的动荡时期，虽然都助君成就了大业，却命运多舛。

该书讲述符氏三皇后的故事，解读宫廷政治闻所未闻的传奇。也正是该书封底介绍的：该书反映符氏三姐妹的人生命运，深入解读宫廷政治，折射出历史大动荡时期各种文化的交流、碰撞与融合，是一部人物生动、故事传奇、可读性强、有独特价值的历史长篇小说。

五

2011年10月4日上午，我们与美清、正清、才清、才喜等宗亲商议整理"扶岐符氏族谱"的有关事宜。下午，在与宗亲座谈时，我向当地宗亲详细了解族谱被毁的经过。据当地宗亲介绍，在1964年因保管族谱的人不识字，不知道族谱重要性，便把族谱当废纸卖了。听完宗亲的叙述，我真是哭笑不得。

我们向当地宗亲了解，在1971年修建上阳水库搬家时，有没有留下什么有价值的遗物。美清宗亲从里屋提出了一支黑漆木桶给我们看，他说是搬家时留下的。美清宗亲接着说，他帮他大伯家搬东西时，好像有一个写有"扶岐谱箱"的木箱子，有可能这个箱子还在。于是，他联系了距扶岐新村约15公里外的他大伯的孙子居住的沿塘的宗亲。15时20分，由美清宗亲和符伟骑摩托车载着我、符荣、符昌远前往沿塘。到了沿塘美清宗亲大伯的孙子家，找了1个多小时，才把所谓的"扶岐谱箱"找出来。谱箱上积满了灰尘，用水将箱盖上的灰尘洗净后，居然露出了刻有"岐阳符氏族谱（寿房）"的字样。箱盖上的字是竖排的，其中"寿房"两个字排在"岐阳符氏族谱"右边稍靠上，字比"岐阳符氏族谱"小得多。

当时我和符伟就用相机拍下谱箱的照片。我们向当地的宗亲打听我们祖宗是从什么地方迁到丰城的，美清宗亲、才清宗亲等人说，听老人们说，是从四川重庆迁来的。这次到丰城寻根问祖，这个谱箱就是我们最大收获。通过这个谱箱的名称，至少可以证明我们的族谱叫作"岐阳符氏族谱"，并且我们是"寿房"这一支的后裔。从沿塘回到扶岐新村后，我通过电话把谱箱的情况告知了垂华、小荣等宗亲，他们让我把拍下的谱箱图片发给他们。我说没带数据线，回贵州水城后就传给他们。

2011年10月5日上午，吃完早餐后，我们贵州水城的宗亲与扶山的宗亲合影留念。我告诉扶山的宗亲我一回到贵州水城，就把这次拍下的所有照片发到符俊宗亲的QQ邮箱，再由符俊宗亲拿给大家。我们与当地宗亲握手告别。随后，我们上了符俊宗亲开的轿车，在一阵阵热烈的鞭炮声中，我们离开了扶岐新村，到了丽村镇老吁餐馆。我们参观了丽村镇旧街，原老吁乡政府所在地的农贸市场。美清宗亲和符俊宗亲还给我们带了一些当地的土特产及车上吃的食品。

我们在老吁餐馆就餐，扶岐新村的宗亲热情款待，给了我们一种宾至如归的体验。就餐完毕，符俊宗亲把我们送到丰城火车站。我们把物件寄存在火车站，参观了丰城市的城市风光后，一行5人乘上了从南昌开往昆明的1235次列车，10月6日下午，我们到达六盘水火车站。我们到住在德坞的我弟符渊家吃完饭后，就各自回家，完成了我们江西丰城丽村镇扶山村寻根问祖的历程。

在2011年10月1日至6日，为期6天的江西丰城丽村扶山寻根问祖的历程中，我们有幸找到了刻有"岐阳符氏族谱（寿房）"字样的一个谱箱。整个谱箱长47公分、宽32公分、高32公分。这么大的谱箱，装的至少是多卷的《岐阳符氏族谱（寿房）》。只可惜谱箱装的谱书毁了，现在谱箱内空无一物。我们除了叹息，还是叹息！这是没办法的。但是，从谱箱所装的《岐阳符氏族谱（寿房）》给我们极大的启示，价值极大。根据这个谱箱盖所刻的字样，结合我符氏族谱的字派：

> 继绪其煌，奕世丕昌。仁义是懋，发则长祥。我来自汴，渐次迭将。一本众叶，延满豫章。通都秀壤，各占名疆。山环水聚，曷若岐阳。地属丰邑，界在三坊。卜吉获此，子孙之康。

可以确认我们就是昭寿公的后裔。理由是：

首先，昭寿公曾在陕西、河南、江西和四川做过官，且官职均为武官。字派中提到的地名有：丰邑（现陕西省西安市西南，也就是秦地境内皇帝赐姓的地方）、岐阳（现陕西省宝鸡市岐山县）、汴（古时河南省开封的简称）、豫章（现江西省南昌），正好说明我符氏曾经在陕西、河南、江西、四川居住过。字派中"渐次迭将"说明从五代的前晋、后唐至北宋时期，符存审及其九个儿子，符彦卿及其儿子均为威震一方的将领，所以称之为"将"。至于字派中没提到四川境内的地名，我认为是昭寿公虽然在四川益州（现成都）做过官，但在四川的时间极短，多则一年，少则几月，加之昭寿公是在四川遇害的，因此字派中就没有提到四川这个令人伤心的地方也情有可原。

其次，我符氏世系及年代时间与昭寿公吻合。符存审为江西符氏第一世始祖，从江西算起，第一世：存审公；第二世：颜卿公；第三世：昭寿公。我是第36世，我下面还有三代，也就是说从昭寿公到现在就有39代，昭寿公是1000年前在四川遇害的，到现在就是1016年。一千多年有39代人是极为正常的。

再次，"岐阳符氏族谱（寿房）"的谱箱就是确凿的证据。我符氏是昭寿公的后裔。昭寿公有五子：承务、承禄、承宗、承谔、承谅，均居住豫章，我符氏字派中不是有"延满豫章"吗？族谱一般是由长子保管，也就是说《岐阳符氏族谱（寿房）》是由承务公保管，我符氏有可能是承务公的后裔。因此，在丰城扶岐才有《岐阳符氏族谱（寿房）》的谱箱，《岐阳符氏族谱（寿房）》是昭寿公的总谱。

字派翻译：继承祖先遗留下来的那些辉煌的业绩，并把他发扬光大。仁爱和正义是我们最大的勉励，把这种美德不断发扬下去，让我们永远幸福吉祥。我们的祖先来自河南汴州，他们四处为官做将，不断更换官职。我们的发展就像一棵枝繁叶茂的大树一样，子孙绵延扩展到整个豫章地区。豫章是个四通八达的都市，这里钟灵毓秀，人杰地灵，我们的子孙各自拥有自己的领地。豫章虽然是个山环水聚的好地方，但怎么能比得上岐阳呢？岐阳属于膏腴之地丰邑的管辖，且在丰邑西面的三个区，是我们符氏或赐姓和发迹之地。通过占卜选择了这么一个吉利地方，让后代子孙幸福安康。

魏王符彦卿

乾符二年（875年）至中和二年（882年），农民战争黄巢起义失败后，唐朝又勉强维持了二十三年的统治。哀帝天佑四年（907年）宣武节度使朱温受禅，建国号为梁。唐朝灭亡，形成了藩镇割据局面，历史进入五代十国。唐亡后，藩镇割据更加剧烈，有实力的将领经常发动兵变夺权，五代十国的政权都是昙花一现。没有一个稳定的对十国有压倒性的中原王朝，这一时期战争频繁，政权屡有更迭。各个割据政权间战斗不休，战火纷飞，统治者多重武功而轻文治。由于战争的因素，这一时期便出现了一批驰骋沙场的著名将领。其中，晋封魏王的符彦卿也毫不逊色。符彦卿身经百战，丰功伟绩，名震华夷。在谈及五代至北宋初的著名将领时，笔者认为符彦卿是一名绕不过去的显赫人物。

将门虎子封魏王

符彦卿（898年—975年），字冠侯，五代、北宋时宛丘（今河南淮阳）人。他出身将门，祖父乃吴王符楚，父亲是秦王符存审。有关符楚，史书未载其是否封王，不过在20世纪初，河南洛阳出土了大量的墓志铭，其中一块是符昭愿（符彦卿三子）的。按出土的符昭愿墓志铭所载："公讳昭愿字致恭，守太师尚书令魏王讳彦卿之世子也；后唐宣武军节度使中书令秦王讳存审之孙也；封吴王讳楚之曾孙也。""但是，近年中从新发现的两件史料中，说明符楚后来曾经有过两次很高爵位的敕封，一次赠封'荣禄大夫宣武节度使'，另一次赫然是不同凡响的'吴王'"。（《北京图书馆藏中国历代石刻拓本汇编》，中州古籍出版社1989年，第三十八卷；《琅琊符氏文化志》，中华书局出版2012年，408页、473页）。可见，从符昭愿墓志铭的相关记载，符楚的儿子符存审被追封为秦王，符楚的孙子符彦卿被周世宗封为魏王，按当时"封王需要追封三代"的封爵习惯，估计符楚为吴王是那时被周世宗追封的。

符存审有九个儿子，尤以四子符彦卿闻名。符彦卿兄弟九人均为镇守一方的军事将领，根据《旧五代史》《新五代史》《宋史》和现有关史料记载，大哥符彦超，历任汾州刺史、晋州留后、北京留守、昭义节度使、秦宁军节度使。二哥符彦饶，历仕后唐、后晋，历任曹州刺史、沂州刺史、金州防御使、滑州节度使，官至检校太傅。三哥符彦图，入宋任骁骑将军，迁幽州衙内指挥使。五弟符彦能，官至楚州防御使。六弟符彦琳，历仕后唐、后晋、后汉、后周、北宋，官至金吾上将军。七弟符彦彝，官至武安节度使。八弟符彦伦，官至定远节度使、严州知州。九子符彦升，官至昭庆节度使。

在这样一个武将家庭中，符彦卿十三岁即善骑射，年纪很轻，便成为五代后唐庄宗的散员指挥使；后晋时，迁武宁军节度使加同平章事；后汉中，加兼中书令，封魏国公，拜守太保；进入后周，封淮阳王，任天雄军节度使，之后晋封魏王。说符彦卿是一名有勇有谋的将领是名副其实的，这可从宋朝名人高嵋《题忠宣魏王符彦卿像》一诗得到确证："忠宣之勇，好谋而战。忠宣之气，集义所生。傲慢自处，宠辱不

　　　　　　　　　　　第一辑　人间真情

惊。增光史册，推倒群英。端然状貌，恭乎威名。形容莫磬，
数语载庚。"（《琅琊符氏文化志》，中华书局出版2012年，
441页）。

符彦卿作为一个历仕五朝在战火中成长起来的杰出将领，
具有高超的武艺和丰富的军事理论素养，身经百战，特别是
在阳城之战后，符彦卿的威名让契丹军队闻之胆寒。"辽人自
阳城之败，尤畏彦卿，或马病不饮龁，必唾而咒曰：'此中
岂有符王耶？'晋少主既陷契丹，德光之母问左右曰：'彦卿
安在？'或对曰：'闻其已遣归徐州矣。'德光母曰：'留此
人中原，何失策之甚！'其威名如此。"（元脱脱等撰《宋
史》卷二百五十一·列传第十符彦卿传，1985年中华书局出版
8840页）。现笔者主要简要介绍他先后参加过的著名战役阳城
之战：

后晋开运二年（945年）三月，后晋各路兵马于定州（今
河北定县）会师，攻契丹，连下泰州（今河北清苑），满城、
遂城（今河北徐水东），俘虏契丹酋长没刺及其士卒二千人。
契丹八万北撤大军闻讯后，卷土重来，晋军退保泰州，又进而
退至阳城（今河北保定西南），晋军与契丹军交战，北逐契丹
军十几里，契丹撤过白沟。二十六日，晋军列阵南撤，被契丹
骑兵包围，且战且退，次日行至白团卫村，契丹一面重重包围
晋军，一面派奇兵断晋军粮道，当时风力很大，契丹一面放火
助威，一面以铁甲精骑兵骚扰晋军，晋军则因营地无水源，人
马俱渴，将士纷纷请求出战。杜重威主张待风势渐小视情况而
定，符彦卿说："与其束手就擒，曷若以身殉国。"李守贞、
药元福等也认为与其束手待毙，不如乘风力莫测奋力还击。于
是晋军乘狂风大作、天昏地暗之际，符彦卿等跃马而去，以万
骑之势横冲契丹军，契丹大败而逃，势如土崩，丢弃的马匹铠

仗遍野，后晋步骑兵并进追击二十余里，耶律德光只身而逃，晋军获胜。

因符彦卿是后唐名将符存审的第四子，所以被军中称为"符第四"。历朝所赐他的巨额财富，符彦卿将其尽皆分给下属，所以士卒都乐于为他效命。"彦卿将家子，勇略有谋，善用兵。存审之第四子，军中谓之'符第四'。前后赏赐钜万，悉分给帐下，故士卒乐为效死。"（元脱脱等撰《宋史》卷二百五十一·列传第十符彦卿传，1985年中华书局出版8840页）。

卓越的战功，自然和高超的武艺分不开。据《宋史》记载："彦卿年十三，能骑射"。清泰初，改易州，兼领北面骑军，赐戎服、介胄、战马。尝射猎遂城盐台淀，一日射獐、麃、狼、狐、兔四十二，观者神之。"（元脱脱等撰《宋史》卷二百五十一·列传第十符彦卿传，1985年中华书局出版8837页）。这种少年时期练就的武功自然和其武将家庭出身的背景有很大关系。如果仅仅有高超的武艺而没有较高的军事理论水准，那只能算是一员猛将，却不会成为一个军事家。

据《宋史》记载："军中符信，切要杜绝奸诈，深合机宜。今请下有司造铜兵符，给诸路总管主将，每发兵三百人或全指挥以上即用。又别造传信朱漆木牌，给应军中往来之处，每传达号令、关报会合及发兵三百人以下即用。又检到符彦卿《军律》有字验，亦乞令于移牒、传信牌上，两处参验使用"。（元脱脱等撰《宋史》卷一百五十四·志第一百七舆服六，1985年中华书局出版3595页）。此处所说的字验，指的就是军中传递命令和情报的密码，作用非常重要。另外，许多宋代的史料关于阳城之战的记载在谈到符彦卿时，符彦卿除显示了一员猛将的角色外，还扮演了重要的谋士的角色。可见，符

　　　　　　　　　　　　　　第一辑　人间真情

彦卿不但有高超的武艺，而且还是有较高的军事理论水准。

"周祖即位，封淮阳王。刘铢诛，以其京城第宅赐彦卿。及征衮州，彦卿朝行在，献马及锦彩、军粮万石，连被赐继。俄移镇郓州。会召魏府王殷，欲以彦卿代镇。俄辽人起兵，留殷控扼，故彦卿不入朝。殷得罪，即以彦卿为大名尹、天雄军节度，进封卫王。""世宗乃班师，数赐彦卿缯彩、鞍勒马，遣归本镇。还京，拜彦卿太傅，改封魏王。恭帝即位，加守太尉。"（元脱脱等撰《宋史》卷二百五十一·列传第十符彦卿传，1985年中华书局出版8839页）。

外戚名门显望族

五代十国人生最成功的武将符彦卿，从后唐一直到北宋，历仕五朝十三帝，三次封王，三个女儿都当上皇后。《宋史》载："周世宗宣懿皇后、太宗懿德皇后，皆彦卿女也。自恭帝及太祖两朝，赐诏书不名。"（元脱脱等撰《宋史》卷二百五十一·列传第十符彦卿传，1985年中华书局出版8840页）。符彦卿作为两朝国丈，侍奉五朝。他的众多兄弟子侄，均在后周担任着重要的文武官职，执掌着相当的政权和兵权。符彦卿生有七子六女，先后有三个女儿成为后周、北宋朝的皇后，母仪天下，《宋史》均有传。符彦卿有三个女儿分别为宣懿符皇后、后周符太后和懿德符皇后。据《宋史》《琅琊符氏文化志》记载：

"宣懿皇后符氏，其祖秦王存审，父魏王彦卿。后世王家，出于将相之贵，为人明果有大志。初适李守贞子崇训。守贞事汉为河中节度使，已挟异志。……于是决反。而汉遣周太祖讨之，逾年，攻破其城。崇训知不免，手自杀其家人，次以及后，后走匿，以帷幔自蔽，崇训惶遽求后不得，遂自杀。汉兵入其家，后俨然坐堂上，顾军士曰："郭公与吾王父有旧，汝辈无犯我！'军士见之不敢迫。太祖闻之，以谓一女子能使乱兵不敢犯，奇之，为加慰勉，以归彦卿。……太祖于后有恩，而世宗性特英锐，闻后如此，益奇之。及刘夫人卒，遂纳以为继室。世宗即位，册为皇后。……师久无功，遭大暑雨，后以忧成疾而崩。……葬于新郑，陵曰懿陵。后立皇后符氏。后妹也。国初，迁西宫，号周太后。"（宋欧阳修撰《新五代史》卷二十周世宗家人传第八·皇后符氏，中华书局1974年12月第1版，2002年12月北京第7次印刷出版203页）

"后周符太后（？—993），名金环，魏王符彦卿女，大符皇后之妹。据载大符皇后(宣懿皇后)病重时，自知大限将至，因放心不下四岁的儿子柴宗训，向周世宗荐其二妹代为照管，周世宗遂将其纳入宫中。显德六年，周世宗驾崩，柴宗训继位，尊小符皇后为皇太后，垂帘听政。建隆元年（960），赵匡胤发动陈桥驿兵变，奉周帝为郑王，符太后为周太后，移居西宫。建隆三年（962），迁恭帝等至房州（今胡北省房县）。《文献通考》云：'世宗后符后为尼。'于淳化四年（993）卒，附葬于懿陵。"（《琅琊符氏文化志》，中华书局出版2012年，128页）。

"懿德符皇后，陈州宛丘人。魏王彦卿第六女也。周显德中，归太宗。建隆初，封汝南郡夫人，进封楚国夫人。太宗封晋王，改越国。开宝八年薨，年三十四。葬安陵西北。帝即位，追册为皇后，谥懿德，享于别庙。至道三年十一月，诏有司议太宗配，宰相请以后配，诏从之。奉神主升祔太庙，后姊，周世宗后也，淳化四年殂。"（元脱脱等撰《宋史》卷二百四十二·列传一·后妃上，1985年中华书局出版

8609页）。

河南省淮阳县的中国作家协会会员李乃庆先生，以宣懿符皇后、后周符太后和懿德符皇后为原型，创作出版了30余万字的长篇历史小说《符氏三皇后》。小说讲述了五代十国这段中国历史最动荡的时期内，宛丘人符彦卿的三个女儿相继辅助后周皇帝柴荣及宋太宗赵光义成就帝业的故事。其中，两个做了后周皇帝柴荣的皇后，一个做了宋太宗赵光义的皇后。"符氏一门三后，一个随君南征北战，助君统一天下；一个垂帘听政，偕子治理国家；一个深明大义，助君成就帝业。姐妹三人忠义贤良、聪明智慧，累朝袭宠，堪称人臣之贵极也。然而，由于她们处在战火连天、遍地横尸的动荡时期，虽然都助君成就了大业，却命运多舛。"（李乃庆《符氏三皇后》封底，中国青年出版社出版2016年。）

符彦卿的七个儿子，均为官做将。长子符昭序，任徐州衙内指挥使。次子符昭信，任天雄军衙内都指挥使，贺州刺史，赠封检校太保，阆州防御使。三子符昭愿，任宋检校尚书仆射，罗州刺使，邢州防御使，皇家陈蔡道巡检使，镇东军节度使、赠镇乐将军。（元脱脱等撰《宋史》有传）。四子符昭寿，初补供奉官，官供奉西京（今陕西凤翔县）作坊副使，六宅副使，领兰州刺史，拜光州（今河北光山）刺史，凤州（今陕西凤翔县）团练使，益州（今四川成都）兵马钤辖。（元脱脱等撰《宋史》有传）。五子符昭远，官侍卫将军，御史，许州衙内指挥使。六子符昭逸，指挥使，安国军节度使。七子符昭敏，官指挥使，西京藏库副使。

《宋史》记载："居洛七八年，每春月，乘小驷从家童一二游僧寺名园，优游自适。"（元脱脱等撰《宋史》卷二百五十一·列传第十符彦卿传，1985年中华书局出版8840

页）。从开宝二年下半年至开宝八年的六年多时间里，符彦卿在洛阳的最后几年，心情是愉快的。王祐的儿子，给宋真宗当了多年贤相的王旦，在符彦卿的墓道石碑上，曾刻了如此一首诗文《题符公忠宣魏王墓》："五朝恩宠更无前，花甲周流七十年。真有英才堪辅佐，谁言与世英推迁。老来得遂优游乐，身后还承宠渥偏。荒草夕阳埋玉处，行人下马拜新阡。"（《琅琊符氏文化志》，中华书局出版2012年，439页）。诗中说得十分清楚，也十分肯定。符彦卿在五朝中都受到了前人少有的恩宠，路人行经其墓前，都要下马行礼，表示敬意。王旦诗中的"老来得遂优游乐"和《宋史·符彦卿传》上他在洛阳时的"优游自适"，权威地证实了符彦卿去世前的生活和心境。

开宝八年(975年)，符彦卿卒，享年78岁。人生七十古来稀啊，在那个年代，能够活到七十多岁的人并不多见，这个年纪仍在率军督师的高级将领，自古以来除了姜尚廉颇，很难再找出其他人了。老人血气早衰，自然体弱多病。符彦卿戎马一生，此时不但不能再披坚执锐，就是运筹帷幄恐怕也力不从心了。综观符彦卿一生，就历史记载来看，打胜仗的次数要远远多于打败仗的次数。符彦卿也以其卓越战功和杰出计谋成为五代到北宋时期的杰出武将之一，符氏家族成为当时陈州宛丘名门望族。

岳父岳母

一

我与岳父岳母第一次见面。唉，还是不对，确切地说，应该是与准岳父岳母第一次见面，是2003年7月上旬的一天，在广州市番禺区莲芳园小区，也就是当时我女朋友刘军的哥哥刘华家。

说起岳父岳母，还得要从我的妻子刘军说起。2003年，我在水城报社当编辑、记者，已是三十而立的男人了，但由于各种原因，一直还没有找到女朋友。2003年仲春的一个周末，我到场坝一个初中同学方义家去玩。当方义的妻子秦贵芬知道我还没有女朋友时，便对我说，给我介绍她的一位老乡，也是她姐秦贵芳的初中同班同学，名字叫刘军。秦贵芬对我说："刘军人长得漂亮，也很温柔，又善解人意，我很了解她，她主要看重的是人，而不是其他物质方面的，我觉得你和她年龄差不多，很合适的，应该和你很般配。现在她也没住重庆江津老家了，是在广州一家生产电子产品的公司上班，我有她的电话，要不我把她的电话留给你，你和她联系，看看你们有没有这个缘分？"我笑着对秦贵芬说："好啊！只要你给了我她的电话，有没有缘分就是我们之间的事了。"就这样，秦贵芬把刘军的电话告诉了我。

第二天晚上，我怀着忐忑不安的心情，鼓起了勇气第一次拨通了刘军的电话。电话大约嘟——嘟——嘟地响了七八声后，电话终于接通了，第一次通电话，相互做了自我介绍，并都心知肚明相互之间通话的用意。就这样，在之后的一个多月里，我每天下班后的第一件事就是给刘军打电话。那时，电话费挺贵的，通话一分钟就是一元钱。每次通话，不知不觉一两个小时就过去了。才一个多月，我就用去3000多元的电话费。于是，我和刘军商定，以后少打电话，主要还是改用手机短信进行交流要更经济一些。

　　那年，春夏之交，全国正处在非典型肺炎疫情严重的时期，特别是广州的非典型肺炎疫情极为严重。由于疫情，在与刘军通过电话和短信交流了两个月后，刘军答应做我的女朋友，别提我有多高兴啊！但因为疫情，我与刘军迟迟不能见面，只有相互给对方快递一张各自满意的生活照，以解相思之苦。

　　直到6月下旬，全国的非典型肺炎疫情才得到完全的控制，当然广州也不例外。从6月25日起，广州不再严格控制人员流动，允许人员流入或流出。刘军乘坐6月27日从广州到贵阳的火车，刘军告诉我火车于28日中午12时到达贵阳火车站，让我到贵阳火车站去接她。在贵阳火车站准时接到刘军的当天，我们便乘坐蓝鲸大巴回到水城双水我租住的小屋。就这样，我们在水城一起生活了10天后，便一起回广州去见见未来的岳父岳母。于是，才出现文章开头的那一幕。

　　进了广州番禺区莲芳园小区刘军的哥哥刘华家时，餐桌上已经摆满了丰盛的菜肴，正等待我和刘军吃午饭，家中只有刘军的父母和侄女三人。第一次见到了准岳父岳母，给我的印象是准岳父岳母均为中等个子，年龄均在六十五六的光景，性情温和，特别是对我这个准女婿特别热情周到，让我慌乱的心慢慢地平静下来。我在广州与准岳父岳母和刘军的哥哥刘华一家人相处得极为融洽。准岳父岳母及哥嫂对我也很满意。经他们一家人商议确定，准岳父岳母要和我们一起到水城看看。看看准女婿我工作、生活的地方，看看自己的女儿刘军今后的生活环境，看看我购买的新房。只有亲自实地看了以后，准岳父岳母及刘军的哥哥嫂嫂才会更加放心。

　　我们在广州待了8天后，刘军辞去了广州的工作。由刘军的哥哥刘华购买了7月14日的4张从广州至内江途经六盘水的K827次列车软卧火车票。7月16日下午，经过36个小时长途的艰辛，我们终于安全到达了水城双水我租住的小屋。晚上，我安排准岳父岳母吃完晚饭，就在县城找了一家小旅馆（因那时条件不好，双水也没有像样的宾馆酒店，还望岳父岳母包涵，让你们委屈了。）安顿好准岳父岳母。第二天一早，我带着准岳父岳母吃了早餐后，就去看了我新买的房子。

　　看完房子后，准岳父岳母对新房很满意。准岳父对我和刘军说："房子140平方米，也不小了，房屋的结构不错，趁现在天气好，尽快把房子装修好，争取在年底把婚事办了。"听了准岳父的话，我用鼓励的眼光看着刘军没说话。幸好，懂事的刘军回答父亲说："符号买房子时交了3万的首付，现在他没钱装修了。"准岳父接着对我和刘军说："装修房子的钱，大家想想办法，我可以支持一点，我们回广州后，给你哥哥说说，也请他支持一下，应该没问题。"

　　刘军对父亲说："若爸爸支持一点，哥哥那儿支持一下，符号再借一点，就可以装修了。"看完了新房，我说我还要去上班，让刘军带父母在县城走走。之后的几天，我下班后，与刘军带着准岳父岳母到六盘水市和水城县到处走走看看，我还带他们到过我的同学方义家，也就是刘军同学的妹妹秦贵芬家做了一次客，受到了方义一家人的热情款待。准岳父岳母在水城双水住了一个星期，先回了一趟重庆江津四面山镇的老家，逗留几天后，就返回了广州。

准岳父岳母离开水城后的几天里，我除了上班外，就四处向朋友和同学借装修房子的钱。我曾经向既是我初中、师范的同学，又是我同乡的赵伟借2千元钱，但因赵伟的老婆不同意，最终还是没有借成。还好，我向读师范时的一位女同学曾玉兰借了3千元。同时，我的父母也给1万元。随后远在羊城的准岳父汇了2万元，刘军的哥哥汇了2万元。这样一来，我们手中就有53000元。当时，用了3个月的时间，到了国庆节过后没几天，我们装修房子花了将近33000元。我把装修剩下的2万元，还了购房时向金盆乡党委金星书记所借的买房时首付债款。

新房装修过了一个多月后，我们就搬进了新家，办理了结婚证，并开始筹备婚礼。确定在2004年的元旦结婚。我们的婚事极为简单，没有彩礼钱，没有钻戒、项链等之类首饰，没有婚车，更没有拍婚纱照。我们在水城双水的一家极为普通的餐馆预定了10多桌酒席，我只请了读初中、师范时要好的同学，再加上部分亲戚朋友和单位的同事。婚期的前2天，岳父岳母及妻子的哥哥、嫂嫂赶到了水城，我的父母及兄弟姐妹也来到我家帮忙料理些事务。

二

我和刘军结婚后，从2004年至2017年，每年的7月进入夏天和放暑假时，岳父岳母和哥哥、嫂嫂、侄女、侄儿一家人都要到我所居住的城市六盘水避暑消夏。当然，哥哥、嫂嫂、侄

　　　　　　　　　　　第一辑　人间真情

女、侄儿他们一家人也不是每年都来，但应该也是来过不下五次吧。每次，岳父岳母都要住到国庆节后，先回一次重庆江津蔡家镇住一段时间，再到广州。而哥哥、嫂嫂他们一家人，因他们还要带孩子参加暑假期间的各种夏令营活动，一般都是住个十天半月就要带孩子去其他省参加夏令营活动。

我还清楚地记得，在2008年5月汶川发生地震时，岳父岳母刚好也在水城双水，岳父还向我居住楼下的物美超市前摆放的"抗震救灾捐款箱"捐赠了一百元钱呢！在2017年的夏天，哥哥、嫂嫂还赠送我们15万元，订购了一台东风标致牌的城市越野车呢！当时，我还请了我三兄弟开新买的车送岳父岳母去重庆江津蔡家的。幸好有了车，在2018年至2020年3年的时间里，我就有将近两年的时间先后在杨梅乡光明村和姬官营村参与脱贫攻坚驻村轮战工作。在驻村轮战工作期间，不论是下村下组，还是进村入户，车子都派上了用场，要是没有车，工作就会更加难开展了。这两年，因岳父岳母均已80岁高龄，年纪大了，出行不如以前方便，都没有来水城避暑消夏了，而是到了夏天就直接去了重庆江津蔡家镇。岳父几年前在江津区蔡家镇街上买了一套住房，买后就装修好，备齐了家具。

从2004年至2019年，我和妻子每年都是带着女儿到广州去过的春节。在2017年，我还带着我的父母一起去广州过的春节呢！去年，因脱贫攻坚驻村工作脱不开身，直到农历腊月二十七才从村里回到单位，也没打算去广州过年。

不论是岳父岳母来水城避暑，还是我们一家人到广州过年，我和岳父岳母都会时常交心谈心，特别是与岳父谈得多一些。岳父给我谈的多是他和岳母过往的一些生活经历，还有岳父对生活、人生经历的一些感悟，尤其是对健身养生方面岳父如数家珍、娓娓道来。与岳父岳母交流多了，他们真的有很多精彩的故事。

　　岳父刘云于1937年3月12日（农历丁丑年正月三十日）出生在重庆市江津县蔡家乡（现在的蔡家镇）悦来村三组，坝上的一栋简陋的土墙茅草屋结构的房子里。土墙茅草屋后依山林竹木，前骑梯田沃土。房屋对面是50米高的磴子河瀑布，居住在茅草屋里，不论是春秋，还是冬夏，瀑布潺潺的流水声不绝于耳。据岳父说，他所出生居住的老家，真是一处青山美语伴花香，绿水佳音和鸟鸣的好地方。风光旖旎，景色优美，环境幽静，空气清新，山泉甘甜，水土宜人。岳父说虽然离开老家几十年了，但老家那舒适的环境会时时出现在他的梦境中，令人流连忘返。岳父所说的蔡家乡（现在的蔡家镇）悦来村三组坝上的老家，我和妻子带着女儿和岳父岳母去过一次，环境的确不错。只是，现在老家都没有人居住了，房屋也是破烂不堪。为此，岳父岳母已经在蔡家镇街上买了一套住房。随着城镇化的发展，我们的村庄在逐渐被瓦解和消失，牧歌式的田园生活将渐行渐远。这是忧，还是喜，谁也不好说。

　　1944年，岳父7岁开始上学读书，上的是私塾，读的是四书五经等之类的古代经典。岳父说当时他所读的书有《百家姓》《三字经》《随身宝》《百子歌》《四字经》《五字经》《增广贤文》《大学》《中庸》《论语》《孟子》《幼学琼林》《千字文》《弟子规》《共和国文》等。岳父说，那时私塾老师虽然只教他们认字，不讲含义，但他对《三字经》中的"人之初、性本善，性相近、习相远"和《随身宝》中的"闲来无事谈古今，士农工商总要勤，天下耕读最为本，嫖赌洋烟是误人。"等词句，到现在都还记忆犹新。新中国成立后，因岳父数学基础差，只能从小学4年级开始读，1954年小学毕业后，考入了江津县第三初级中学（以前名称是笋溪中学，现今的江津

　　　　　　　　　　　　　　第一辑　人间真情

区六中）读了一年半。

岳母郑祥书于1938年1月8日（农历丁丑年腊月初八）出生在江津县蔡家乡（现在的蔡家镇）悦来村大土头。岳母相继在长江边的五子沱、几江大西门的牌子上居住过。岳母的父亲是个裁缝匠，经常在外去帮助人家缝衣装，岳母的母亲在几江被服厂制鞋底。家里繁重的家务活就只能由七八岁的岳母来承担。岳母在柑橘林里拾柑橘叶和带刺的干树枝等柴烧火做饭，因个子小，做饭时要搭起小板凳才够得着，做好饭后，还要送给在几江被服厂上班制鞋底的母亲吃。同时，还要带弟妹及做其他家务活，如洗衣服、洗碗筷等。

从此，岳母的母亲便辞去了几江被服厂的工作，离开几江回到蔡家乡大龙村上坪桂花树、和尚湾，先后租地种庄稼度日。因所租土地在山顶上，土地贫瘠干旱，只能是靠天吃饭。岳母除照顾两个妹妹及兄弟外，还要帮母亲下地干活，生活非常困难，日子过得十分艰苦。这也是岳母没有她两个妹妹个子高的主要原因，从小挑起了家庭生活的重担，加之营养不足，影响正常的健康成长。就这样一直熬到了1949年新中国成立。第2年，岳母在双方父母包办的婚姻下，嫁给了岳父做媳妇。那时岳母12岁，岳父13岁。

岳母嫁到岳父家不久，岳父的母亲为岳母和岳母的大嫂进行了分工排班。让岳母和大嫂两妯娌轮流在家做饭。那时，虽然岳母只有十三四岁，但完全跟大人一样，事事都靠自己做。自己不但要做饭，而且还要上山打柴，下地割猪草喂猪等。

新中国成立后，在共产党和毛主席的英明领导下，岳父家分得几亩土地。当时，岳父的父亲长年累月在外给别人缝补衣服，很少帮助做家里的事，只是在有月亮的晚上借助月光挖一下土。

岳父的大哥于1951年冬参加中国人民志愿军去抗美援朝，岳父在学校读书，岳父还有两个年幼的兄弟和一个妹妹，家里没一个男劳动力，故岳母得下地干活，甚至到水田里栽秧打谷。

虽然分得有几亩土地，但因人多，又缺乏劳动力，岳父一家人的生活还是比较困难。因此，岳母和大嫂两妯娌还要步行到二十多里外的三合场（现在的中山镇）去买糙米，背回来后，利用夜间将糙米加工成熟米，第2天不等天亮又把熟米背到离家二三十里远的清平场去卖。每斤大米只能赚到一分钱，可想而知，那时的一分钱来得是多么地不容易啊！

三

岳父是1956年春从江津县第三初级中学（现在的江津区六中）参军入伍的。岳父把在学校报名参军的消息告诉家里人后，岳父的母亲是坚决反对岳父去当兵的，后经岳父的不懈努力，学校教导主任和村干部亲自到岳父家里做工作，岳父的母亲才勉强同意岳父当兵的事。

当岳父的幺兄弟知道岳父要去当兵时，他很高兴地说了一句："我长大了也要去当兵。"立即被岳父的母亲痛打了一顿，那时岳父的幺兄弟才满4岁。但后来，真正到岳父的幺兄弟参军时，岳父的母亲再也没有阻挡了。岳父的母亲不让岳父去当兵，是因为岳父的大哥入伍4年都没回过一次家，由于家庭缺乏男劳动力，在农村成立互助组时，很多人都不愿意跟岳父他们一家编在一个小组。那时的这种情景是岳父在开会时亲眼目睹的。当时，岳父的心里十分难过。1957年，岳父的大哥复员退伍回家后，岳父家的地位才得到提升，不再受别人欺负，经济也才有所好转。

　　1956年2月，岳父光荣地参军服兵役，4月分到当时驻朝鲜的炮八师当通信兵，部队领导选送他到军士教导营学习有线电专业，毕业后留在军士教导营当班长，年底回到祖国的山东潍坊，任指挥连通信排班长。岳父在当兵之余，尽量抽时间学习书本知识，3年服役期满时，连里决定留他超期服役，他没有同意。不久，江苏南京炮兵学校（现南京炮兵学院）到他所在的部队招收学员，指导员征求了他的意见，问他去不去？他当时没答复。指导员让他考虑一下，明天再作答复。之后，岳父考虑了一个晚上，觉得到江苏南京炮兵学校读书，待毕业后就有可能当军官。为此，岳父决定去江苏南京炮兵学校读书。

　　第二天，岳父告诉指导员他同意去江苏南京炮兵学校读书。随后，经文化测试合格（当时参加测试的战友大多数都是高中肄业生，只有岳父一人是一个只读过一年半的初中生），岳父被江苏南京炮兵学校录取了。岳父在炮兵学校学习了半年后，调到了二炮新建的导弹部队甘肃武威二炮（现火箭军前身）学习导弹专业，边学习边操作，一年后提拔为干部。之后在参谋长的关怀下，到陕西西安二炮技术学院（现更名为火箭军工程大学）进修一年半，随后还相继两次又到陕西西安二炮技术学院学习新的导弹型号的研发。之后，岳父被编入了121部队，先后住在湖北武汉和安徽芜湖。3年后，岳父又被调到青海126部队，任青海126部队后勤部装备处助理员，先后参加过导弹发射和核试验等军事基地建设工作。

　　岳母是一个大字不识的"大老粗"。新中国成立后，政府曾多次开展扫盲运动，但由于岳父的母亲思想守旧、观念落后，再加上忙于家务，岳母和大嫂两妯娌都没能参加扫盲班学习文化，所以岳母和嫂子两妯娌一直都没有摘掉文盲的帽子，只能认识几个"洋码子"（阿拉伯数字），连自己的姓名都还搞不清楚。岳父在部队服役期间的1961年，岳父以岳母没有知识，再加上婚后10年还没有生育子女，岳父曾向岳母提出过分手，因岳母不同意，所以才这样维系下来了，到现在他们也算是白头到老了吧。

岳父既是一个乐于助人的人，又是一个容易轻信别人的人。从年轻的时候到老，帮助过不少亲戚、同学、朋友，也有不少人利用这一点骗他。谈到随军的事，岳父说，本来部队已经批准了他的家属在1971年可以随军了，但因为岳父当年工作很忙，故推到了1972年才有空回家接家属。说来也巧，正如俗话说"是祸躲不脱，躲脱不是祸"，岳父在重庆上火车时，正好上来了一位四川老乡张某和岳父他们一家同一个卧铺车厢，在岳父的上铺。他要到岳父住的青海省西宁去采购汽车配件。当时，岳父感觉这位老乡张某憨厚老实，便将自己的地址告诉了这位老乡张某。

我的妻子刘军是岳母随军后，在青海西宁岳父的部队上出生的，因是在军队出生的，便取名为刘军。岳父一家在部队生活，岳父上班，岳母除带好三个孩子外，还在岳父的后勤部军人服务社喂猪，也在外面打过零工，搞房屋维修等，妻子刘军的哥哥刘华在西宁读书。家庭经济不是很好，但还算过得去。

当时，在西宁，岳父和他在火车上遇到的那位四川老乡张某经常你来我往，经过多次的接触和交往，岳父觉得这位老乡张某可以信任。岳父就帮这位老乡张某买了一些汽车配件，并委托这位老乡张某帮助岳父所在的单位处理了三百多套积压多年的解放牌汽车轮胎，且货款分文不少交到单位财务处。对此，当年年终岳父还受到了单位的表扬。其间，这位四川老乡张某神通广大，先后给岳父单位的孙、曹二人的家属安排了工

　　　　　　　第一辑　人间真情

作，这是岳父主动先让张某给他俩安排工作后，再给岳母安排工作。随后，上级有关组织给岳父扣上了引狼入室、帮助诈骗犯搞诈骗的帽子，犯严重错误。故给予岳父开除党籍、降职降级的处分。岳父的所谓四川老乡张某被判无期徒刑。

岳父说，在他人生的长河中，有喜有忧、幸和不幸并存。据岳父给我说，他婴幼儿时期患过一次极为严重的麻疹病，即当时农村人所说的"出痘子"或"天花"，是他父母从死神那里把他拉回来的，在他少年时期，得了伤寒，医生又从阎王爷那里把他挽救回来。岳父说，按"一分为二"的观点看，坏事变成了好事。虽然说当时岳父的身体和智力受到一定的影响，但后来就逐渐恢复正常了。

岳父在20多年的军旅生涯中，基本上没吃过较大较多的苦，辗转过27个省、自治区、直辖市，游览了祖国的许多大好河山及名胜古迹。当时是和平年代，更没有上过战场，真枪实弹地作战。岳父说，他亲自参加了导弹试验和核弹试验是值得骄傲和自豪的事。

四

1979年10月，岳父转业到江津县林业单位工作，月薪90元。组织上安排岳父在江津县柏林木材购销站，做安全保卫、司法调解工作。一年后，江津县柏林木材购销站合并到江津县头道河伐木厂，不久更名为江津县四面山采育场。岳母随岳父先后在柏林木材购销站、头道河伐木厂和四面山采育场的职工食堂做饭。不论是在柏林木材购销站，还是在头道河伐木厂、四面山采育场，岳父负责的都是安全保卫、司法调解工作，工作做得很出色。

为了弥补家庭经济的不足，岳母除在职工食堂做饭外，还在家开设了一个小商店，做点小生意，卖点烟酒、豆花、烧腊等。这些活绝大多数都是岳母在做，岳父很少帮忙。岳母白天除了找柴做饭、打猪草喂猪、开荒种菜外，还要步行到三十多里远的四面场、双凤场去买猪头、猪腿、鸡鸭、黄豆等食材。白天把食材背回来，晚上加班加点将其宰杀卤熟，待次日一早，岳父便托场里的职工带到山上工队去卖。岳母几乎每天都要一个人用石磨将黄豆磨细做成豆花，卖给场里的职工吃。岳母这样做，全是为了多赚几个钱供子女上学。特别是供正在重庆上大学的妻子的哥哥刘华读书。岳父的工资当时每月已升到130元，刘华读书每月需要70元左右，家里4口人（还有一人是妻子刘军的姐姐叫刘平，1964年出生，因年幼时患脑膜炎发高烧和煤气中毒脑缺氧，导致大脑损伤以及身体健康严重受损，一直没治愈，于1987年早逝。）剩下的仅仅有50多元的生活费供家里人开销。那时，岳父只能抽一角多钱一包的经济烟。

从1984年起，四面山景区还未正式开发时，岳父就主动承担了发展旅游这项在当时来说新型的工作任务，开始搜集有关资料，向上级领导及游客介绍景区景点的开发潜力及前景，岳父对景区开发建设的构想得到上级有关领导的充分肯定。1988年10月底，岳父很顺利地改行，调到了四面山镇政府分管旅游工作，主要是分管四面山风景名胜区旅游开发建设工作。岳父说他调动工作没给任何领导送礼，没有行贿，分文未花，就从企业单位调到政府机关工作，在那个时候实现了很多人梦寐以求的愿望，他很满意。说到岳父改行调动的事时，岳父带着感激的神情说："我还得感谢时任中共江津县委组织部部长侯大川和时任中共四面山镇党委书记余永海两名领导的关心。"岳父说，他在做旅游工作中最大的收获是增长了知识，增强了体质。什么头痛、膝关节疼痛他都没有，有一个很强健的身体。岳父在四面山风景名胜区做旅游工作，一做就做了8年，直到1996年从旅游工作的岗位上退休。1988年7月，妻子的哥哥刘华大学毕业后，分配在江津县柏林中学教书，之后为了离家近，又调到江津四面山中学教书。妻子的哥哥刘华参加工作后，家庭生活条件才有了很大的改善。

岳父做事认真，无论是在柏林木材购销站、头道河伐木厂和四面山采育场做安全保卫、司法调解工作，还是在四面山政府分管旅游工作，都能尽职尽责，并喜欢动脑筋研究和解决工作中存在的困难和问题。就拿四面山景区的开发建设来说，四面山从一个头道河村，能够发展到今天的四面山国家级风景名胜区、国家五A级旅游景区，岳父是重要的组织者、参与者、实践者和推动者。岳父调到四面山镇政府分管旅游工作后，结合之前搜集的有关资料，编写了一本《四面山风光与传说》，重点介绍了30多个四面山景区的景点。为四面山景区的开发建设，岳父还向上级部门及四面山镇党委、镇政府积极主动出谋划策，为党委、政府当好参谋助手，并亲力亲为，有力有效地助推了景区的建设和发展。可以说，四面山能有国家级风景名胜区、国家5A级旅游景区的成绩，岳父功不可没。

妻子的哥哥刘华是一位很有睿智和卓识远见的人，他在江津柏林中学和四面山中学教了八年的书后，于2005年正式辞职经商。曾先后在重庆、四川成都、浙江温州和广东广州打拼过。刘华在浙江温州时，正好碰上浙江天信仪表有限公司（现在更名为浙江天信仪表集团有限公司）招聘总经理助理的职务，他有幸被公司录用，担任天信仪表集团公司总经理助理的职务。刘华在总经理助理的岗位上干了半年的时间里，他认真分析研判了公司原驻广东片区的员工3年都没有什么成效的原因后，便主动请缨，要求到广东办事处来工作。就这样，刘华来到广东办事处工作一年，超额完成了公司下达的任务，业绩出色，生意越做越好，并在广州成立了自己的公司，最终在广州站稳脚跟。刘华在广州买了住房，定居在广州。2001年，岳父岳母就跟随刘华到了广州。岳父岳母到了广州与刘华他们一起生活后，岳父岳母除了在家做饭等家务外，还要接送孙女、孙子上学读书，好让刘华他们安心打理公司业务。同时，刘军也辞掉江津四面山旅游景区的工作，跟随父母、哥哥、嫂嫂到了广州，并在广州一家生产电子产品的公司上班，做质检员。

从2001年到现在，岳父岳母随哥哥刘华他们一家曾先后在广州住过四个地方。2001年在广州市原芳村区教师新村居住，2002年在广州市番禺区莲芳园小区居住，2005年在广州市番禺区广地花园居住，2015年在广州市番禺区莲花山度假区莲山首府小区居住。岳父说，他最喜欢的小区是广地花园住宅小区，因为在广地花园住宅小区，岳父和小区里面的中老年人与小区管理人员协调对接，开办了广地花园老年休闲娱乐活动中心，组织小区里面的中老年朋友每天都打打小麻将、唱唱歌、跳跳舞，深受小区里面中老年朋友的欢迎和喜爱。

岳父对广地花园很有感情，于是在哥哥刘华他们搬到莲花山度假区莲山首府时，岳父舍不得离开广地花园，岳父岳母继续在广地花园居住。2014年春天，岳母的记忆力开始明显下降，随后，逐渐严重衰退，已经到了老年痴呆的程度。岳父看到岳母的不幸遭遇，深感痛心，十分同情，泪水总想往外流。为此，岳父用了几万元给岳母买了理疗器材进行治疗，买了保健品，以控制病情的进一步加重，不至于发展到连家人都不认识的地步。从2014年10月起，经过半年多的内养外调，折磨岳母40年来的风湿关节炎已基本治愈，记忆力再没有继续下降，大大地减轻了岳母的痛苦，岳父岳母都很高兴。岳母在身缠多病的日子里，仍然带病坚持工作，整天做家务，总是不愿离开她忙碌了70多年的灶台。哥哥刘华和嫂子朱晓红曾多次提出请保姆，全都被岳母拒绝了。

到2017年，岳父岳母冬天在广州居住，夏天回江津四面山居住，不冷不热时到老家蔡家镇街上居住。不论是在四面山还是在蔡家镇居住，哥哥都给两位老人请了保姆，让老人安度晚年。岳父对我说："这几年，我跟候鸟一样，冬天天冷时，在广州避寒；夏天天热时，在江津四面山避暑；不冷不热时，在老家蔡家镇休闲，日子倒也过得不错，过得滋润。"

五

岳父是一个极为注重健康和养生的老人，不论是我去广州过年，还是岳父岳母到水城来避暑，岳父都经常劝我戒烟限酒，但说句实话，酒是可以限量，烟可能是这辈子也戒不了啊！岳父是在1984年一次成功戒掉了酒，曾经多次戒烟失败。相隔十年，在1994年夏季的日子里，岳父下了很大的决心，加大了毅力，经过几个月的坚持、坚持、再坚持，经受许多难受和痛苦的煎熬日子，终于成功戒掉了烟，且没有留下什么后遗症。岳父说："这是我十年内立下的两大战功。戒烟戒酒后，既保护了身体，又节省了经济，真是一举两得的大好事，何乐而不为？"

到今年，岳父已经83岁，岳母82岁，但两位老人依然是精神矍铄，身体硬朗，身心健康。岳父说他首先要感谢父母给他的宝贵生命，良好的健康长寿基因，直到长大成人走入社会的辛勤养育之恩；也要感谢共产党和政府对他的教育和培养，使他成为有用之人；还要感谢子女对他的孝敬和亲朋好友对他的关照；更要感谢四面山的好山好水好风光，富硒富氧好地方给他的健康奠定了坚实的基础。

岳父说他一生最大的缺点是个性强，他从小到老的个性都比较强，只要是遇到不顺心、不满意、不高兴的事，跟炮火筒似的，一触即发，难以控制。这在他身上已经根深蒂固，形成了痼癖，无法改变。岳父还对我开玩笑说他这个缺点只有带到"西天"去改变了。他最大的遗憾就是缺一个舞伴，岳父说，当他看到人家夫妻双双陪伴着跳舞时，很是羡慕，简直望穿双眼、泪水欲滴，心在想，脚在痒，久久不愿离去。

岳父的生活方式多样，爱好广泛。岳父爱好唱歌、跳舞和做健身操。岳父对我说："音乐是人类最美的语言，它能陶冶情操、振奋精神、抒发情怀、愉悦心情、调整心态、中气提升、锻炼声带、动脑用心、增加肺活量，预防老年病症；体育是人类最好的活动，它能防病治病、忘掉烦恼、陶冶情操、健康长寿、心态变好、精力充沛；舞蹈是音乐和体育最佳的结合，强身健体、降低三高、减肥瘦腰、青春焕发、广交朋友、抛掉忧愁。"难怪，岳父在我所居住的水城双水，一到夏天、秋天的晚上，在双水大广场上，我曾多次目睹岳父一个人把两只手抬起来，一上一下，像是抱着个舞伴一样，随着别人在广场上播放的音乐旋律翩翩起舞，岳父爱好跳舞简直入迷了。岳父还会打球、下象棋、打麻将、补鞋、维修电器、竹木器具等，几乎样样都懂一点，但样样都不精，戏称自己是"万金油"。在水城时，岳父还帮我家维修过台灯、电磁炉等。几十年来，岳父收集整理，并亲手抄誊10多本歌曲集，应该有四五百首歌曲，还自己改写或创作了10来首歌曲；搜集了几百枚毛主席不同时期的像章和几百张20世纪七八十年代全国通用

　　　　　　　　　　　　第一辑　人间真情

粮票等，我们2019年在广州过年时，岳父还给妻子刘军几十张全国通用粮票留做纪念。可见，岳父不仅爱好广泛，还是一位有心之人。

据岳父说，近几年以来，他为了岳母身体健康，特购买了一些较为昂贵的药品、营养品、保健品和保健器材，给岳母吃和用，虽然耗资20余万元，但收效还是很可观的。岳母多年缠身的风湿关节炎、长期的关节疼痛已经全部治愈，没有复发和后遗症，岳母的记忆力衰退、脑萎缩、老年痴呆症得到有效控制，未向重度发展。具体在岳母的身上表现是：岳母又重新认识和记住了家人和朋友的姓名，视觉、听觉、嗅觉、味觉和触觉恢复较好，还能做一些力所能及的家务事，做一些简单的凉菜；早上刷牙、洗脸后还能自己梳头，便后能记得放水冲洗；能吃能走，抵抗力增强，很少生病；岳父跟岳母开玩笑骂岳母时，岳母很快就能还口回骂，是非能分清，好坏能分明。岳父还说，他现在身体健康，免疫力和抵抗力较强，很少生病。

岳父说，他这一生虽然没有为党和国家及家庭作出更多更大的贡献，但还是不因过去的虚度年华而悔恨，也不因过去的碌碌无为而羞耻！岳父经常对我说："人生最高的追求是幸福美满，最大的幸福是健康长寿。健康长寿除了外在的客观因素外，更重要的是取决于五个主观因素，主观因素占百分之六十。五个主观因素又取决于生活方式，而生活方式又有全靠自己做主的五大基石，它们是合理膳食、戒烟限酒、适量运动、心态平衡、睡眠充足。"在饮食上，岳父尽量做到多吃素菜少吃荤菜，多吃粗粮少吃细粮；保持营养适当，既不会不足，又不会过盛。岳父深知发展体育运动是增强体质的主要途径，生命在于运动，健康需要锻炼。岳父坚持每天早上做80多个仰卧起坐（五年前，他有一次连续做过500个）和卷身运动，并随着年龄的增长逐年增加，每长一岁增加一个。每天坚持步行5千步以上，每晚上坚持做一个小时的健身操。

　　岳父对我说，岳母从七八岁到现在的八十多岁，默默地辛苦了七十多年。岳母起早贪黑没闲过，天天都在忙家务；从早到晚管好家，身缠多病不叫苦。岳母从少儿到年暮，为了整个家庭的幸福而操劳；岳母从红颜到白发，没有安慰也满足。岳父经常对子女说："我们要牢记你们母亲对家庭作出的巨大贡献和付出的辛勤操劳，要继承和发扬中华民族的传统美德，去关心照顾好她，尊敬孝敬好她，多用一点时间陪伴好父母，让老人能够安度晚年、健康长寿。这就是子女对老人最大的感恩和回报。"

　　谈到动情处，岳父说："她（岳母）的为人处世、勤劳善良、艰苦朴素和高尚品德都让我十分敬佩。她不仅是个好妈妈、好奶奶、也是我的好妻子。在漫长的70多年里，虽然说我俩之间从未打过架，但吵嘴还是有的。过去我对她那心眼狭窄、疑神疑鬼而大发脾气，严厉责骂，尤其是没有帮助过她分担繁重的家务，深感愧疚和不安。在此，我诚挚地向老伴赔礼道歉，望老伴多多原谅！我们都要既往不咎，开创未来，和睦相处，共度晚年。亲爱的老伴，来世我们还做夫妻，好吗？"

　　岳父的身体状况，他自己概括总结为这32个字：身体健康、精神饱满、精力充沛、中气十足、记忆正常、神志清醒、心态平衡、生活自理。他还让家人放心，不要有太多牵挂，以免分心，影响事业。岳父岳母唯一的要求，就是希望子女、家人（包括我和妻子刘军）多跟父母沟通交流、嘘寒问暖和宽容谅解。岳父还为家人提出了"十多十少"的希望和要求：即多交流、多沟通、多商量、多宽容、多赞扬、多勤俭、多交友、多开心、多学习、多运动；少指责、少争吵、少发火、少埋

　　　　　　　　　　　　　第一辑　人间真情

怨、少怀疑、少计较、少自满、少浪费、少生气、少烦恼。岳父说因为对子女的高标准严要求，他们难以接受，也做不到，反而会增加他们的苦恼。

　　我用笨拙的笔将岳父岳母的故事记录下来，也算是对岳父岳母尽一份孝心吧！同时，我还要衷心感谢，岳父岳母及哥哥、嫂嫂一家对我们的关心和支持！

父 亲

一

一直都想静下心来好好写下我的父亲，写父亲当年的那些艰辛的往事。但因事务繁忙，再加上对父亲那些艰辛的往事，只是一些零星的记忆，迟迟没有动笔，也不知从何说起。

光阴荏苒，时光飞逝。现在已为人父的我，心中的感慨免不了随之增加了许多。如今，我已调到文联工作，与以往相比，事务不是那么繁忙，时间也相对宽松一些，再说写写小文章也算是自己的工作职责和分内之事。周末、节假日，或者去父母住处拿苞谷面和酸菜的时候，总要和父亲母亲聊聊家常，加强相互之间的沟通、交流。这让我想到了父亲母亲为我们一家付出的一切，想到了父亲母亲对我们的期望，想到了父亲的点点滴滴……诠释了父亲酸辣苦甜的艰辛历程。

父亲生于1948年2月的凉山村臭水井，童年时家境还算殷实，过着无忧无虑的日子。父亲9岁启蒙读书，就读于离家约5公里远的坞铅小学。5公里路对今天来说并不远，但在那个交通极为闭塞的年代，从凉山臭水井到坞铅小学山高坡陡，一条蜿蜒曲折的羊肠小道穿过无人烟的深山老林。父亲早上上学走的是下坡路，晚上放学回家走的爬坡路。小道两侧的森林里，什么野兔啊，狐狸啊，豺狗啊等动物时常出没，父亲一旦遇上这

　　　　　　　　　　　　第一辑　人间真情

些野生动物，被吓得魂不附体，即使有生命危险，也要继续前行。就这样，父亲孤身一人，早出晚归，历时4年之久，终于念完了初小4年级。那时，坞铅小学没有高小，5年级要到离家10余公里的发仲麻窝小学就读。学校离家远，父亲不可能早出晚归，只好寄宿在人家，一周回一次家。

1961年，那是个百年不遇的大荒年。据父亲回忆说，每人每天只有四两粮食，每周有二斤八两苞谷面，从生产队集体伙食团中拿出。一日两餐，每餐二两面，就是煮成稀饭也填不饱肚子。全凭祖母事前用车前草、臭参、姨妈菜、大树叶、叶散花等煮熟、切碎榨干的野菜，拌上二两苞谷面蒸熟带到寄宿的人家充饥。有时，如果生产队集体伙食团没有库存，每周二斤八两苞谷面还不能得到保障。俗话说："兵马未动，粮草先行。"没有粮食，寸步难行。因此，父亲在发仲麻窝小学5年级只读了一个学期，就辍学了。

公办学校读不成，祖父就只好把父亲安排到离家较近的玉兰读私塾。父亲说，两年的私塾生涯，他读过《百家姓》《三字经》《三字幼仪》《声律启蒙》《四字经》《五字经》《增广贤文》《大学》《中庸》《论语》《孟子》《幼学琼林》《千字文》《弟子规》等，父亲在接受这些四书五经等古代经典熏陶的同时，也向私塾老师学了一手漂亮的毛笔字。

因父亲读过几年书，在当地也算是有文化的人了。1964年，父亲被安排担任了凉山生产队的会计。1966年，也就是父亲18岁的那一年，玉兰大队的大队长张少轩为了改变凉山文化落后的现状，在征求了祖父的意见后，聘请父亲在凉山创办了一所民办小学——凉山小学。现凉山小学还在办，且为公办学校，我二弟还在学校担任校长呢。在办学之初，因没有校舍，父亲便联系了玉兰生产大队七小队箐脚农户杨正荣家的堂屋做教室。没有课桌凳，父亲自制木三脚架搭上木板当课桌，凳子由学生自带。就这样，父亲从18岁就走上了传道授业解惑的教师生涯之路。第一年开办一至三年级，第二年开办一至四年级，第三年开办一至五年级，从一年级到五年级是一个复式教学班，学生有30多人，年龄最大的学生只比父亲小三岁。现在村里五六十岁的人都做过父亲的学生。1968年父亲和母亲结婚了，七年后，也就是我出生的第三年，与原有的家庭分家，单独过起了日子。

父亲一个人教五个年级的课程，学生倒有短暂的休息时间，父亲却无喘息的机会。每天，父亲除备课、改作业外，还要上五六个小时的课，说五六个小时的话。那时父亲正当年富力强的时候，一天下来也不觉得怎么疲倦。父亲说，最关键的是，当时他只读到四年级，而四年级开设有珠算的课程，五年级的数学课中涉及小数的知识。而父亲对珠算还不太精通，小数的知识也没学过。于是，父亲先刻苦钻研，待自己学懂弄通之后才教学生，等学生学会时，父亲已经非常熟练了。从父亲这里学会珠算的学生，回家后还教家里的人。如黄少才教其二哥黄少书学珠算。黄少书时任玉兰生产大队五小队臭水井的会计，在玉兰大队的八个小队中，黄少书的珠算是最熟的，甚至还比当时玉兰大队会计还要熟。这是当地干部群众所公认的。

20世纪60年代的学制，小学只有五年、初中两年。读完小学五年级，就考入初中。父亲教的第一届小学毕业生，有黄少才、李云高、李思文、张维名、耿金明、张维学和袁绍忠七人，其中张维名、耿金明考取南开中学，在南开中学，他们两人的学习成绩均为上等。玉兰生产大队每年给每位教师300斤苞谷，政府给每位教师每学期按30元、25元、20元不等的标准拨款补助，期终考评，分三个档次领取补助费。这样，父亲教书，每年得到300斤苞谷和60元的补助费。与父亲闲聊时，提起那段岁月，听起来既温馨，又遥远。

二

"天有不测风云，人有旦夕祸福。"在1980年农历4月12日的晚上，父亲参加了臭水井生产小队召开的群众会议。听会时，父亲感觉有点冷，第二天早晨，觉得脖子疼。过几天，牙齿疼，再过几天感觉头有点疼。对此，父亲没有放在心上，认为是感冒病。在那个缺医少药的年代，小小感冒病，不必管他，拖几天，感冒病会自然好。谁知病情越来越严重，脖颈、牙齿虽然不疼了，但感觉鼻涕擤出来有一股怪味。又过几天，鼻涕全无，鼻孔吸进冷风，导致头昏、头痛，不能坚持上课。于是，父亲便请他的幺兄弟，也就是我的幺叔符丕龙代课。

父亲把学生安顿好后，就去水城县人民医院检查就诊。通过拍片，医生对父亲说："你患的是鼻窦炎。"医生用青霉素给父亲注射，一周以后，病情稍有好转，因父亲牵挂着他的学生，便办理了出院手续回家了。可是父亲还没到家，在离家不远的路上病情就反弹了。之后，听说赫章县花苗寨有一位医生能医治鼻窦炎。父亲到花苗寨找这位医生治疗，医生用中草药熏鼻孔，用电针扎额头，但疗效甚微。又一周后，父亲阵发性的头昏、头痛加重。突然剧痛起来，就要立即送去医院，否则就会昏厥晕倒在地。因此，父亲在我三叔的陪同下又不得不再一次去县医院寻求医治。到了县医院，县医院的医生对父亲说："建议你去贵阳医学院治疗，那里的医疗器械比较齐全，也要先进一些。"父亲听从了医生的建议，在我三叔、二姑父、三姑父的陪护下，立即赶赴贵阳，并在贵阳医学院附属医院五官科进行治疗。经五官科医生精心反复检查，诊断不是鼻窦炎。接着查血、验光、拍片、超声波检查、脑电图检查，结果都说没病。父亲说："医生，没病，那怎么会痛得很呢？"医生颇为无奈地说："等你把钱医完病就会自然好。"

走出医院，父亲想起医生刚才说的那句话，就对我三叔说："兄弟，我患的应该是不治之症。"三叔对我父亲说："哥，你这是心理想的。"父亲说："自己的病自己清楚，心理再紧张，也不可能昏倒，明天我们再来医院复诊，真正没病，就是死了我也心甘情愿。"第二天上午，父亲在我三叔、二姑父、三姑父的陪护下，又回到贵阳医学院附属医院五官科，再请医生复诊一次。五官科的一位20多岁的女医生反复检查时，对旁边的一位50多岁的男医生说："我看不出问题，您来看一下。"男医生用双手抱着父亲腮包用力挤压，并问父亲痛不痛？父亲说："痛。"医生说："是虫牙，去口腔科看。"到了口腔科，口腔科的医生说："虫牙必须拔掉。"当天上午拔掉一颗牙齿，中午病情就缓解了百分之八十。之后，回县医院又拔掉一颗牙齿。父亲说，应该是牙齿发炎压着神经导致头昏头痛。真是牙痛不是病，痛起来真要命啊！一颗小小的牙齿居然折磨了父亲半年之久。

三

1981年2月的一天，坞铅乡中心校的校长杨云文登门拜访，说是来向父亲道歉的。父亲问杨校长为什么要道歉？杨校长说："现在国家出台一个文件，民办教师可以通过两个途径转为公办教师。一是社会招工考试转正；二是师范招考就读两年转正。十几天前，在南开区教育组召开的各乡校长负责人会议上，教育组组长田鹤秋说，这次社会招工预选考试南开区上线人数22人，坞铅乡就占了11名，说明坞铅乡的民办教师培训得很好，各乡要向坞铅乡学习！我说我乡还有较厉害的没有来，那些人要是来参加考试，转不转正我不敢包，预选上是肯定的。田校长问还有哪些？我说符丕贤家两弟兄。田校长又问他们为什么不参加预选考试？我说因我来不及通知，请其他人通知没通知到。当时，区教育组副组长王正科说杨校长，如果人家告你，你是讲不赢的！因此，我特向你道歉！"

听完杨校长叙述完道歉的理由后，父亲说："没事的，不必要道歉。即使参与考试，我的社会关系比较复杂（我祖母的娘家成分曾是地主），是不会被录取的。"杨校长说："现在不讲什么阶级成分社会关系了，讲的是真才实学，尊重知识，尊重人才。今年7月份还有一次机会，师范招考就读两年转正，你好好复习，报考师范。"当时，父亲说："我没有读过初中，好好学习还差不多，可是三年的初中课程，仅有半年的时间学好是难于上青天。"杨校长说："世上无难事，只怕有心人，有志者事竟成。你的语文基础知识不次于初中生，你要侧重学习数学。"在杨校长的开导和鼓励下，父亲抱着试一试的心态，一颗红心，两手准备。如果考取师范，就去读师范；如果没能考取师范，就继续当民办教师，也一样是为国家培养接班人。

父亲在满负荷的工作、努力种好几亩"责任地"的同时，忙里偷闲、彻夜苦读。上有老、下有小，里里外外一把手。白天，父亲除了上课备课外，还要抽时间帮助家里干一些农活，只好利用晚上花两个小时的时间学习。坚持半年下来，数学只学到解一元二次方程。转眼间，师范招考的时间来临。父亲和三叔一起进城参加考试，他们兄弟俩住在我二姑妈家。考场设在水城特区原第三小学三楼，就是现在的水城古镇里面。考试前一天，父亲去熟悉考场，刚好遇到贴准考证号的老师，父亲的座位是在最前排中间的那张桌子，离讲桌最近。因小学三年级的课桌太矮，父亲个子高，父亲要求换讲桌。在场贴准考证号的两位女教师欣然答应了父亲的要求。考试分两天进行，第一天上午考语文，下午考数学；第二天上午考政治。父亲说，在考试的过程中，两位监考老师察觉换下的讲桌有点摇动，便拿几张废纸垫稳，父亲心里得到莫大的安慰和鼓励。

据父亲回忆说，考语文时还算得心应手。有一道题目是默写毛泽东《沁园春·雪》的上半阕，这首词本是选入了当时初中的语文教材中，但父亲并不知道，完全凭借自己在平常熟背的毛泽东三十多首诗词而顺利答题。作文《学贵有恒》，父亲先审题，学贵有恒意思就是指学习知识要有恒心，有决心，有毅力，不能三天打鱼，两天晒网，也不能是蜻蜓点水浅尝辄止，更不能走捷径一蹴而就。要一步一个脚印，不怕困难，迎难而上，学而不厌，锲而不舍，持之以恒地走下去，才能到达光辉的顶点。父亲就是以为应考师范而学习时碰到的困难，如何解决困难，坚持半年之久所取得成效作为素材，拟写作文，待作文写好。把做完的试卷检查一遍，考试时间刚好到。父亲走出考场，两位监考老师望着父亲的背影说："这个考生取到取不到我们不知道，不过他的这手字写得很漂亮！"

考数学时，就不是那么容易了。父亲逐一解答完会做的几道题和一元二次方程。其他的题目，不要说解答，连题目都读不懂。如分数指数的计算等题目怎么办呢？总不能望卷而逃吧！父亲就只有"望卷兴叹"了，一直等到交卷的铃声响起，父亲才离开考场。父亲根据数学试题的答卷情况，没有心思再考试了，已打定主意，政治不考了，反正是考不上的。在考政治之前的40分钟，一位亲戚来二姑妈家串门，当父亲和他聊起这次考试的情况时，这位亲戚对父亲说："你几十公里大路赶来考试，考好考歹，不要去管结果怎样，我劝你应该是考完才对，你说是不是？"父亲之前是不想考了，听了这位亲戚的劝告，想去考，但又怕迟到，便三步并着两步奔向考场。父亲因慌不择路，居然跑到二楼某考场与自己座位位置相同的桌子旁，并用手轻拍正在专心答题的某考生，某考生抬起头来，眼神很不对劲。父亲环顾考场，才知道是自己走错了考场，回头往三楼跑去。到了考场门口喊报告后，监考老师说："快进来，已经开考十分钟了，若再来晚五分钟就不能进考场了。"虽然迟到十分钟，但父亲解答题还算顺利，时间到时，刚好把题目做完。

四

考试结束后，正好是暑假。父亲对考师范是没抱什么希望的。俗话说："命里有时终须有，命里无时莫强求。"父亲是个心态极好的人，上不了师范就继续当民办教师，也是为国家和社会作贡献。父亲曾说过："万般不由人计较，一生交给命安排。命中注定，我的这饭碗注定是在田间地头。在田间地头用的不是文具，而是农具，背背篓，拿锄头，拎撮箕，挖洋芋，才是自己的衣禄碗碗。"暑假，正值挖洋芋的季节。记不清是哪一天中午了，父亲、母亲正在坡背后顶着烈日挖洋芋。我的姐姐弟弟割草的割草，放牛的放牛，我被留在家里料理家务。正当我在家提猪食桶喂猪时，有一个人来到我家门口，来人说："你家是不是符丕贤家？"我说："叔叔是啊，符丕贤是我爸爸，他在坡背后挖洋芋，你找他有什么事？"来人说："你爸爸考取师范了，我来通知他，我们一起要去南开拿政审表，明天赶去县医院体检。"我说："好的，叔叔，请你帮我看一下我家的猪，我就去喊我爸爸回来。"来人说："你赶快去吧！时间紧急。"说着我便朝坡背后飞奔而去。

到了坡背后的垭口上，我就高声大气地喊道："爸爸，有一个人在我们家，说你考取师范了，让你赶快回家去。"父亲放下银光闪闪的锄头，高兴地说："知道了，我马上回家。"父亲回家对来人说："哦，原来是陶老师（坞铅乡新发小学民办教师陶敬刚）。"陶老师对父亲说："我们俩都考取师范了，区教育组组长田鹤秋打电话到坞铅乡，通知我们前去水城体检，电话从昨天打到今天上午，一直没人接听，田组长只好在我俩的身上每人出两块钱，雇一个人通知我俩。来人到我家后，问你家在哪里？我说要走一个多小时，况且你对路又不熟。这样吧，我替你通知他算了，赶快收拾出发，怕来不及了。"父亲说："好，谢谢陶老师！等我收拾几分钟，就马上出发。"

据父亲回忆说，他与陶老师赶到南开区教育组时，已经是傍晚七点多钟。教育组田组长说："你们赶快去张乃忠老师处拿政审表到坞铅乡盖公章，明天一早去水城体检。"父亲与陶老师拿到政审表回到坞铅乡后，管公章的王远明据说回家去了。父亲与陶老师赶到王远明家，已经是晚上十一点过了。天黑人静，王远明的家具体位置不知道，路上也遇不到人，没办法只好去请杨云文（坞铅小学校长）带路。在王远明家盖了公章，急忙返回凉山已经十二点过了。休息三四个小时后，启程前往水城。父亲与陶老师到水城县人民医院时，已经下班了。

第二天早晨，父亲与陶老师到县医院说体检的事，医院医生说："南开区昨天是有人带队已经体检过了，今天是水城一中的学生体检。"父亲虔诚地对医生说："因为我们晚两天才接到通知，所以掉队了，请医生谅解！给我们体检。"医生回答说："没时间。"听了医生无情的回答后，父亲稍微思索了片刻后，便眉头一皱，计上心来。何不如去向水城一中带队的老师求情，请他方便一二，兴许还有一丝希望！父亲找到水城一中带队的赵老师，并向赵老师讲清楚了来意。没想到赵老师很高兴地答应了父亲的请求，并收下父亲和陶老师的体检表加入到了一中学生的体检表中，体检的事终于解决了。体检很顺利，父亲所有体检的项目全部合格。体检结束，体检表交到水城特区师范学校，让父亲回家等候通知。

果不其然，十多天后，父亲就收到水城特区师范学校民师班的录取通知书。父亲手握录取通知书，禁不住热泪喷涌、惆怅满怀。在我的记忆中，父亲应该是水城特区唯一未读过初中而考取师范的人。

五

父亲说，他进入水城特区师范学校民师班后，因他未上过初中，数学老师方老师为了照顾他，数学课程就从初一开始学。据父亲回忆，方老师非常关心他。每次新课讲授完后，学生做作业时，方老师均要走到父亲的课桌旁耐心地、不厌其烦地进行辅导，直到父亲学懂弄通为止。当谈到方老师如此的关心、帮助时，父亲情不自禁地说："万分感谢方老师！终身难忘。"

为宣传报道师范学校学雷锋做好事的先进典型，师范学校成立了一个写作小组，父亲被班主任推荐参与写作小组的活动。一次，父亲写了一篇有关同校其他班两名女同学为本班年高体瘦的班主任潘老师洗衣服的广播稿交到学校广播站。不久，学校广播站就播出了父亲写的广播稿。广播员开始朗读到最初的内容是："水城特区师范二（四）班来稿"。听到此处，父亲的同班同学吕敬云还诙谐地说："具体地说，应该是二（四）班老符来稿。"引得同学们哄堂大笑。

父亲说师范学校的老师们上课很精彩，自己受益匪浅。比如张安正老师的《教育学》课程，刘政老师的《心理学》课程等都精彩纷呈。张安正老师在上教育学课时说："对八大教学方法、七大教学原则等，同学们不仅要学在眼里，而且要学在心里。一定要把它背得滚瓜烂熟，之后教学时，不可能背着《教育学》这本书去上课啊！"

父亲两年的师范生活如一日，一日三餐两个馒头六两米，每晚千思万想篇章五更天。父亲总是放心不下家里的一切事务，土地要耕种，孩子要读书。父亲读书的两年，母亲在家犁过地，驮过炭，我那时9岁，也学会了犁地和驮炭。当然，在父亲读书的两年里，亲戚、朋友和邻里帮了不少的忙，在这里，我向他们道一声感谢！但我记忆最深的还是盼望父亲回家，因为父亲每次一回家，都要带上几个他在学校省吃俭用下来的饭票打来的馒头，我们五姐弟就可以美餐一顿。那时，父亲读书基本上没花钱，听父亲说读了两年书就只是第一个学期开学向学校交了5元钱的报名费，之后就没有交过钱了。书本费和学费全免，住宿免费，吃得发得有饭票、菜票。学校还为父亲发过两件衣服和一床棉被。

在师范学校领导、老师、同学的关怀、指导和帮助下，在亲戚、朋友、邻里的照顾、帮忙下，父亲于1983年7月顺利毕业，拿到了毕业证书，离开了生活两年之久的校园。父亲师范毕业后，被组织安排分配到南开区金盆乡中学任教，坞铅乡中心校校长杨云文不同意，找到南开区教育组的田校长说："按有关规定，民办教师分配原则，从哪里来回哪里去，符丕贤是坞铅乡出去的，要分回坞铅乡。"在杨云文校长的再三请求下，田校长说："好，符丕贤就分回坞铅乡吧！"就这样，父亲分在了坞铅乡坞铅小学任教。

1988年，南开区教育组再次把父亲调到金盆中学任教，金盆中学安排父亲上初三的语文课，课已经排好。调令下了一周后，坞铅小学的老师们才知道，待父亲知道时，坞铅小学的老师们已经向区教育组反映，不同意把父亲调走，特别是杨云文校长反映得极为强烈，杨云文校长对教育组的组长说："把符丕贤调走，校长我不当了！"组长说："调走符丕贤，你当校长，重新调一个来当主任，有什么不好？"杨校长说："我宁可不要主任，也不放走符丕贤！"组长说："调令是区委盛书记签的字，更改不了。"

之后，杨校长对父亲说："你去找盛书记谈一下。"父亲找到盛书记，盛书记对父亲说："调令他们拿给我签字，我说要没有讲的，没有闹的，才行，他们又说没有。"盛书记接着又说："调人的三个原则：一是与本单位领导不和，二是本人申请调出，三是调进的单位需要。我跟他们讲一下。"过几天，调令改过来了，父亲最终没有调成。但金盆中学的校长找盛书记反映说："调去我校的人，又收回来，课程我们都安排好了，初三的语文。"盛书记说："统筹兼顾嘛！"1998年9月，父亲被调到南开乡玉兰小学，担任教务主任，上一门主科。父亲呕心沥血浇灌祖国花朵，苦其心志；辛勤劳作耕耘地头农活，劳其筋骨。2004年1月父亲光荣退休。

六

父亲从事教育工作36年，创办凉山小学，执教过坞铅小学和玉兰小学，学校离家均在三至五公里。36年来的教书生涯，父亲没有坐过一趟车，吃过一顿中午饭，也没在学校住过一天。每天都是早出晚归，早上去学校吃的是炒油酸菜豆汤热的苞谷饭，下午放学回家后，因忙去地里干活，等不到吃蒸饭，吃也是酸菜豆汤热的苞谷饭。父亲教书所走的路均是山间小路，不同的是去凉山小学的路较平坦，要好走一些。而去坞铅小学和玉兰小学的路都是山间羊肠小道，且早晨去上学走的下坡路，下午放学回家走的是上坡路，极为吃力。

父亲为了党和人民的教育事业，勤勤恳恳，兢兢业业，呕心沥血，为党和祖国培养了一批又一批接班人。在凉山小学教书的近10余年时间里，父亲一个人带过一至五年级的教学复式班；在坞铅小学教书的15年生涯中，教过六年级班语文课7年，跟过一届小学毕业班，当过12年的班主任，担任过12年的教导主任和1年的校长；在玉兰小学担任7年的教导主任和六年级班语文课。在之前的整个坞铅乡，不敢说百分之百的人父亲都教过，但至少有百分之七十的人父亲是应该教过的，教过一家两代甚至三代人。

父亲教过的学生当中，有许多人在市、县、乡各级各部门各岗位各行业为党和国家作出了一定的贡献。因此，父亲赢得了广大家长和社会的好评。在坞铅小学，多次组织全校教师上示范课，开展教研教改活动，辅导青年教师提高教育教学能力和水平；积极主动配合协助校长杨云文管理学校工作，因成绩突出，南开区教育组曾在坞铅小学召开了一场观摩现场会；父亲从一年级带到六年级的那届毕业生，小学升初中统考，升学率获南开区第一名；1986年受到水城特区党委、水城特区人民政府表彰，获"优秀教师"称号；1994年被贵州省语言文字工作规范办公室、贵州省教育委员会普通教育处联合授予"语言文字规范化竞赛活动先进个人"称号等；1995年，父亲被评为小学语文高级教师。

父亲在没有退休之前，每年春节来临之际都要写上几天的春联。我还清楚地记得，在我家牌位的两侧贴有如下神对，上联为"天地德父母恩当酬当报"，下联为"责任土圣贤书宜耕宜读"。以前我们村寨的春联，多出自父亲的手笔。父亲毛笔字写得好，每年的春联都是自拟自写的，至今我还记得父亲自拟自写的一副春联："盛世欢歌歌盛世，新年喜贺贺新年"，横批"国泰民安"。

2004年1月，父亲退休后，和母亲搬到县城双水和我一起居住。2004年6月，女儿出生，父母刚好为我照顾女儿。2008年，我三弟家生孩子后，父母又到住在场坝的三弟家居住了两年，为三弟家照顾孩子。2011年，我幺兄弟家生孩子，父母又到住在德坞的幺兄弟家，为幺兄弟家照顾孩子。之后，我们几弟兄家的孩子上了小学、初中，父母就单独居住，并和我住在一个小区一栋楼，父母住13楼，我住19楼。这样，相互既可以照顾，又方便来往。我喜欢吃酸汤苞谷饭，但因上班工作忙，做苞谷饭的甑子、苞谷面、豆米均是父母给我买好，我只管享用。每次母亲腌好酸菜，均要电话通知我去舀。就在今年，母亲还帮我买了50斤上好的肥猪肉腌好，炼成腊肉，质量很好，味道还地道。

父亲退休的前几年，主要是和母亲一起为我们几兄弟家带孩子。之后主要是加强锻炼身体，健身保健。每天上午，父亲和母亲都要带上小区里的大伯大妈大叔大婶，到政府后面的休闲场地做一做回春医疗保健操，打一打养生太极拳，练一练八段锦、易筋经、五禽戏等健身操；下午，父亲和母亲就去买买菜，随意走走路散散步，溜达溜达。

父亲是一个坚强、豁达、开朗的人，从小到大自己受到父亲的影响很大，跟着父亲学会了自立、自强、仁善，明白了许许多多做人的道理。而今，父亲已到古稀之年，四十几年来，从未向父亲说过一声谢谢。自己也到不惑之年，为人父了才明白父亲有多么地不容易。感激父母给了我的生命、关爱和付出，是他们用无私、平凡、大度的爱包容了我们的任性；感激父母为我们所做的一切，是他们用努力、汗水、心血和辛劳为我们提供了保障。此时此刻，我只能衷心地祝愿父母快乐安康！也祝愿天下的父母平安幸福！

为女儿取名字

　　女儿13岁，读初中二年级。今年暑假期间，女儿所在的星虹舞蹈学校欲组织20余名舞蹈班的学生，参加在马来西亚和新加坡举办的"校园时代·畅想新马第十六届青少年国际文化艺术节"活动。女儿要参加活动，需办理出国护照。而办理出国护照要女儿的身份证和出生医学证明。当找出女儿的出生医学证明时，我傻眼了，出生医学证明中孩子姓名一栏处是空白，没有女儿的名字。这才想起女儿出生时，没给她取名字。这不是我们疏忽大意，而是女儿出生时是剖腹产，那几天为了照顾妻子忙得晕头转向，居然忘记给女儿取名字了。其实，为了孩子的名字，在孩子未出生前，我和妻子考虑过，要么取两个字的，要么取三个字甚至四个字的，名字都想好了好几个，但都没有一个令我和妻子满意，再说孩子是男是女都还不知道呢。不急，等孩子出生了再说吧！

　　说起取名字，中国人是非常重视的。名字，镌刻着时代的某些印记或特征，也饱含着人们的悲欢。今天的名字是一个词，古代却不是一回事。名是名，字是字，名和字之间有着必然的联系：如诸葛亮字孔明，杜甫字子美，名与字为同义词，互作解释；司马迁字子长，韩愈字退之，名与字则为反义词，从反面作解释。关于名字的起源，我无心也无从考证。据《礼记·祭法》说："皇帝正名百物。"即皇帝为百物命名。《礼记·檀弓》说："幼名，冠字。"是说人始生而有名，至二十成人，才行冠礼加字。《礼记·曲礼上》载："男子二十，冠而字，父前子名，君前臣名。女子许嫁，笄而字。"名是一个人独特的称谓符号，是婴儿出生三个月以后由父亲取的；而字则是男子20岁成年后举行"结发加冠"之礼时取的，以示成人就要取字，女孩子在15岁时要举行"结发加笄"之礼，以示可以嫁人了就要取字。

古人取名字时，往往带有该时代的某些特征，越接近原始时代，名就越与出生时的境况有关，因为原始人曾以为名是人的一个内在的组成部分。如《左传》中，郑庄公"寤生"（难产），名曰"寤生"；又如孔子生时头像丘，名曰"丘"；孔子的儿子出生时有人送鲤鱼，故名"鲤"等。到了东汉，人们很重视伦理，所以常以"德""操""卓""肃"等字命名，而且用单字。魏晋人仍然受到单字命名习惯的影响，但爱在单字上加一个虚词，如"献之""羲之"等。当佛教东渐，"菩萨""罗刹""迦叶"等名形成时尚。

随着时代和政治形势的发展，人们给孩子取名字时，也带有时代的政治色彩。新中国成立后，诸如"建国""建新""建军""建民""爱国""志新"等与新中国有关联的名字随处可见。到20世纪六七十年代，许多人给孩子取名为"赤""红""丹""卫东""卫红""卫国"之类的特别多。随着"农业学大寨""工业学大庆""全国学人民解放军"热潮的兴起，有人给孩子取了"大寨""大庆""学军"等名字，很合时代节拍；孩子时值国庆节出生取名"国庆"，时值劳动节、青年节、建军节出生的取名"五一""五四""八一"等，这些名字都与节日有关。还有的给孩子取名字时，是根据孩子的祖父或曾祖父的生辰年岁，譬如"六十""七三""八十""八三"等，我幺叔家有四个孩子的乳名就是根据我曾祖父的年岁取的，分别取名为"九一""九三""九五""九七"。这样的名字在农村不胜枚举，既有年代意义，又维系着祖孙间的感情，说起来也很有情趣。

不光受时代的影响，人们的命名也带有各阶层的影子。文人雅士爱用"书""贤""哲""仁"等；农民的孩子，要么男孩用"狗蛋""黑牛""黑狗""花狗"等，只图名贱好养活，女孩子用"芝""兰""花""朵"等；要么用"富""贵""财""宝"等寄寓致富的理想。其实，名字就是一个代号而已，穷与富的名字，在一出生，就打上了某些印记了。人们的命名还与男女性别有关，男子多用"勇""武""杰""雄"等阳刚之名；女子多用"花""秀""凤""静""巧""秋"等阴柔淑美之名。总之，从名字这一滴小水珠中，也能折射出中国文化的万千现象和博大精深。

按我们水城的习俗，给孩子取名，首先在名字中不能出现与长辈名字相同的字，否则有犯上的弊病，对孩子不吉利；其次要和孩子同族同辈的有一字相连，即所谓的字辈，以表示血缘上的亲近。200多年前，我们符姓的祖先从江西省南昌府迁徙到贵州省大定府管辖的水城时，从祖先携带的族谱中就有如下字辈："继绪其煌，奕世丕昌。仁义是懋，发则长祥。我来自汴，渐次迻将。一本众叶，延满豫章。通都秀壤，各占名疆。山环水聚，曷若岐阳。地属丰邑，界在三坊。卜吉获此，子孙之康。"我是"昌"字辈，之前父亲给我取的名字是"符昌永"，20世纪90年代初，我在六盘水市一中读初中时，学校里有的同学的名字很好记，如我们班有一名四川来的女生姓"鲜"名"艳"，名字叫"鲜艳"；还有其他班有叫"汪洋""黄河""杨柳"等名字的，读初三时，我一时好奇就将自己名字改为"符号"。按照我们符姓的字辈和取名习惯，女儿名字中应该要有"仁"这个字辈，但我认为，要给女儿取一个既好听，又有内涵的名字。毕竟，女儿的名字也算是作为父亲的我送给她的第一份礼物，今后是要写到户口本上和身份证上的，是要陪伴她度过一生的符号。至于女儿的名字中有无"仁"这个字辈，我想无伤大雅。

给女儿取名字应该是在女儿满月之后的事了。给女儿取名字时，我没有按照《易经》中说的那样，要根据孩子的生辰八字，即出生的时间、地点、属相联系起来，看孩子命里是缺金、木、水、火、土这五行中的哪一行，缺哪一行就要在名字中补上；也没有按照水城为孩子取名的习俗，要在名字中带有和孩子同族同辈相连的"仁"字。

女儿是公历2004年6月中旬出生的，7月中旬满月。女儿是夏天出生，且出生在中国凉都·六盘水腹地的六盘水市妇女儿童医院。再加上女儿满月的那几天，正好在六盘水举行第一届中国凉都消夏文化节活动。我就和妻子商量：干脆就为女儿取名为"爽爽"。"爽爽"是女儿的乳名，也称小名。我给妻子说取"爽爽"这个名字好，首先，夏天，女儿出生在中国凉都·六盘水这么一个凉爽的城市，是女儿的福气；其次，刚好遇上六盘水市第一届中国凉都消夏文化节活动，有纪念意义；再其次，勉励女儿在成长中做一个爽快的人；最后，"爽爽"这个名字念起来还朗朗上口。妻子听我这一说，就同意女儿的乳名叫爽爽。

女儿长到三岁，就要上幼儿园了，还得为女儿取一个上学读书的名字，也就是所谓的学名。记得我们小的时候，有的父母识字不多，文化不高，只为孩子取了个乳名，孩子的学名是到学校报名读书时，由老师取的。为了给女儿取个学名，我倒是费了些心思。当时，我还想起了一代伟人毛泽东为其两个女儿李敏、李讷取的名字，语出孔子的《论语·里仁》："君子欲讷于言而敏于行"的佳话。我不想按我们符姓的字辈取名，那我就只有另辟蹊径了。我是贵州的，贵州简称黔；我妻子刘军是重庆的，重庆简称渝。女儿不就是我和妻子爱情的结晶吗？就这样，为女儿取名"符黔渝"。之后，我总觉得这个名字除了有含义外，既不响亮，又是一个比较中性的名字，体现不出性别特征。我想，到女儿上小学时再给她改个名字。

女儿上小学后，我就着手女儿改名字的事。之前，女儿的名字已经是上了户口本的，要改名字没以前那么容易了。我先找派出所管户籍的民警，派出所的民警说，派出所改不了名字，要说出改的理由，并报公安局批准了才能改。于是，我托熟人找到公安局管户籍的民警，说出了改名字的理由。我对公安局的民警说，我女儿今年幼儿园毕业了，准备上小学，要另外取个学名，我就是想在之前的名字后面再加一个"佳"字，改为"符黔渝佳"，不是说两三个字的名字容易重复，都提倡取四个字的名字，我直接改为四个字的就不会重复了。最终，经公安局批准，派出所户籍民警就在我的户口本上，将女儿的名字"符黔渝"改为了"符黔渝佳"。之后，我的岳父刘云得知我为女儿改名字的事后，岳父还对我说，应该改成"符刘黔渝"，把父母的姓都加进去更好。我只好对岳父说，没办法，三番五次地改名，公安机关是不允许的，岳父只好作罢。

取名字是一门学问和艺术，随着社会的不断进步和发展，人们对取名越来越重视。如今，取名已成为一种时尚，在城市的某个角落，时不时的会看到一些专门为孩子取名、改名的机构，时不时会听到人们谈论一些为孩子取名、改名的"专家"。取名字既有时代特征，烙上时代的印记，还有感情色彩和现实意义，蕴含着趣味性。取名字自古以来就奥妙无穷，只要人类存在一天，取名字的事还将不断地延续下去。

那些年，写给远方恋人的诗

一

21年前，我刚从南方的一所师范学校毕业，在一所乡村中学教书。彭玥在北方的一所师范学校读三年级。之前，我们在《中专生文苑》《师范生周报》等校园文学报刊上发表过"豆腐块"，通讯地址也一并被刊出。凭借各自的地址，我们以书信的形式神交为笔友。我们未曾谋面，只是相互随信寄过几张照片。书信往来成为了我们生活中最重要的事情之一，也是相互表达情感的唯一方式。

在那个交通、通讯极为落后的年代，居住、生活、工作在闭塞落后的山村中学的我们，从寄出至收到对方的回信，至少是一个月的时间。也就是说，每个月相互给对方最多就只能写一封信，靠书信保持着联系，交流着思想，发展着感情。大约是在相互通信不到一年的时间吧，因有相似的经历，共同的爱好和语言，有积极进取的人生理想，我们由开始的笔友慢慢地发展成为了恋人。当时，我每天除了带好我的班级外，最大的事情就是在盼望着彭玥的来信，知道了解她学习、生活及工作情况。每日每夜都在不停地思念着远方的她。

应该是在1996年初秋周末的一个晚上，整个乡村中学校园一片安宁、静谧。住在乡村中学单身宿舍的我，好不孤单、清冷、寂寞。浅蓝色的夜幕中悬着一弯新月，缀满生命的星星。清冷的月光从窗户透入室内，伴随着摇曳的煤油灯光。这注定又是一个无眠之夜。室外，清冷的月光给大地披上一层朦胧，星星眨着不眠的眼睛。室内，无眠的我在苦苦地思念着远方的彭玥。当天夜里，我便写了下面这首诗《镰月恋》。美丽的青春和爱情的枝叶，就这样在我的生命之树上青翠欲滴，带给我无尽的痛苦与幸福！

镰月恋

月圆　月缺
日子
瘦成一条线

总以为距离
能淡忘你的名字
总以为岁月流逝
能蚀去你的身影
总以为地域
能扼杀这份情感
……

谁曾想
那弯新月告诉我
岁月偷不走的
依然
是一份美丽的伤痛

自己仿佛是夜空中那弯新月

寻求圆满

二

我们凭借那一封封南来北往的书信互相倾诉，所写的不外乎是相互鼓励、相互思念，以及我们之间生活、工作和学习中的一些琐碎的事情。大多数的书信是在诉说我们的相思之苦，喃喃情话，娓娓衷肠；少部分书信也涉及一些对现实社会及世态炎凉的斥责。万水千山间，我们彼此用共同苍白无力的文字，来寻求心灵的慰藉。在我们的相互鼓励下，香港回归祖国的那一年，我参加了成人高考，实现了自己梦寐以求的大学梦。而彭玥则是报了汉语言文学专业的专科自学考试，并已经考过了《文学概论》《现代文选》等四门课程。

我说我上完专科，再继续读本科，多读点书，多学些知识不断充实自己，待练就了一身本领，为我们共同的明天而努力拼搏。她说她考完专科的课程后，再继续向本科进军，才能与我相匹配。就这样，我们互相安慰、互相鼓励、互相鞭策、互相进步，不断完善和充实我们两颗年轻而又卑微的生命。我说我一拿到大专文凭，就去河南接她，或在河南打工都行，只要和她在一起，再继续读我们的本科。她说她等我去把她带走，把她的心带走。

1997年的晚秋，我带着思念彭玥的痛苦，在贵州教育学院14楼的宿舍内，待室友们都进入梦乡后，点上蜡烛，把我们近三年的 "柏拉图式"的恋爱经历写成下面这章散文诗《远方的许诺》。

远方的许诺

三年前，我们神交为笔友。三年来，我们通信相互鼓励。渐渐地，我们都被对方相同的志趣和真情打动。于是，我们便深深地陷入了"柏拉图式"的恋爱之中，在乌托邦的爱情王国里苦苦等待……

——题记

a. 三年前，我在南方的贵州读师范，你在北方的河南读师范，缪斯女神却让我们在《中专生文苑》《师范生周报》文学报上以文相识，并神交为笔友。三年后，我们已参加工作，但却未曾谋面，天各一方。

我们只能在万水千山间放飞南来北往的信鸽，我们的情感在两地间的邮车中渐渐升温流淌，融化了两颗陌生而又相知相爱的心。你说你一生等我，我说我等你一生。这是我们相互许下的诺言。

b. 三年来，我一直坚守着远方的许诺，独自一人在生命中穿行。现实生活中甘愿去做一个爱情的乞丐，背负着远方的许诺，流浪于人群之中，决不去另作选择，抑或当作别人的备选答案。真的，我也要学会选择，并已选择了远方的你。

你是我生命中再也不可分割的另一半。我的每个日子，都充满了思念和等待。思念你，好幸福又好痛苦。等待你，好痛苦又好幸福。

c. 秋起叶落，春华秋实。我的生命在岁月的风中被撕碎，又被远方的许诺拼凑成一串串沉甸甸的相思。邮车再也载不尽这份情感，便托流云和星星遥寄给你。

季节在苦恋中轮回流逝，使我真正体验到"衣带渐宽终不悔，为伊消得人憔悴"的内涵和"断肠人在天涯"的那份漂泊孤旅的心境。

d. 晚秋飘落的丹枫更加生动，渐进初冬，思绪却温暖起来，渴盼下雪的心情火一样热。捧着你的玉手抚摸过的信纸，捧着你那颗滚烫的心，感触到贵阳的冬天好温暖哟！

生命的运动被季节打破，春之梦从暮冬的温床里醒来。不论早晨，抑或是黄昏，我站在乌蒙山巅久久伫立，凝望着遥远的天际，目光又被远山挡回惆怅。高远的蓝天飘飞的白云深不可测。天边，那朵洁白的云，那缕绚丽的晚霞可是你的化身吗？望着她，我产生一种遥望一生的感觉。

e. 亲爱的，我依然等你，只为兑现我们的许诺。我们何时才能赴约啊！在这孤寂无助的岁月里，单凭那一封封书信，总难以填补内心的空虚和生命的需求。生命最怕寂寞。爱，因有一份孤独而美丽。整个夜晚，我守候在梦中，守候渴望得到的拥有，就让我们共同向上帝祈祷吧！

每当夜深人静之时，我总是不由自主地一次次打开，不知看过多少次的那织满经纬网的彩色版图，一遍遍地测算两地间的距离；我总是不由自主地，不知多少次翻阅精心珍藏的影册，一次次地偷饮你的微笑。凌晨的钟声又敲响了，就让我拥着远方的许诺拥着你醉人的笑意入梦吧！也许，明天会更美好。

三

我把这章散文诗连同给她的信一起寄去，她在回信中说："我们什么时候才能实现《远方的许诺》呢？我亲爱的哥哥。"面对她的提问，我无言以对。因为，当时交通、通讯落后，再加上自己贫穷，没钱就是一个最大的现实问题。之后，我们在通信中认为，待都把本科读完之后，要么我去河南，要么她来贵州，共筑我们爱的巢穴。

直到1998年深秋的一天，当我在学校收发室收到她的一封薄薄的信时，我预感到情况的不妙。因为，她之前给我的信总是厚厚的，有时一个信封中就装了三、四封信，几乎把信封撑破。我细看信封，贴邮票处倒贴着一张面值50分的邮票，打开信封，有一张写满字的信笺和一张明信片。在明信片上她写了如下内容："想说的话说也说不完，想写的字写也写不完。太多的曾经我们未曾把握，太多的机会我们一再错过，与其时过境迁之时的感叹，不如用心地好好珍惜所有。"我知道邮票倒贴的含义：我很爱你，但是我却无法向你倾诉衷情！我想我们长达三年之久的这场精神恋爱真的要结束了吗？我真的不敢去想。

那个深秋飘着细雨的夜里，面对那张泪痕斑斑的明信片和信笺，我脑子一片空白，心中一片茫然。她在信上说："几年来，特别是这半年多来，我总是感到孤独寂寞，空虚难耐。虽然说'两情若是久长时，又岂在朝朝暮暮'，但是无人相伴的日子总是凄楚的，我们远隔千山万水，天各一方，而且还不知道要等到何时才能相见。'曾经沧海难为水，除却巫山不是云。'为我们的未来，我曾度过无数个热泪沾巾的不眠之

　　　　　　　　　　第一辑　人间真情

夜，真苦啊！哥哥，能不能狠狠心，断了这份情缘。听了这句话，你会很生气、会很难过，我又何尝不是如此。可是，我真害怕这遥远的距离。害怕最终，你我都是彼此的奢望。这样的夜晚，有谁会来安慰我，有谁会为我擦掉满脸的泪痕。哥哥，如果我的话伤了你的心，诅咒我好了。在你心里，愿怎么处置就怎么处置。我是你悲哀的永恒的恋人，我是你灵魂漂浮中最亲爱的妹妹。哥哥，听我说，我爱你。可是，我的爱不能让你没有寂寞和痛苦，它是多么地缥缈无力，浮游在来往的邮车里。"

之后的一个多月里，我进入紧张的期末考试复习阶段，我除了复习和想她外，每天我都要到学校前的河滨公园跑步锻炼，用剧烈的运动来发泄心中的忧郁麻醉心中的苦痛。当我再次重读这封令我肝肠寸断的信时，用稍微修复平和的心态，为我，也为我悲哀的永恒的恋人彭玥，写下这首《等待太久初心已变》，慰藉我破碎不堪的心灵，也权且作为这场精神恋爱的告别。

等待太久初心已变

日出日落　月缺月圆
你没来
潮涨潮落　潮落潮涨
你没来
春去春来　花落花开
你没来
任凭季节变换窗外的景致
任凭等待的心潮湿发霉

任凭等待的岁月长满青苔
你没来
等待太久初心已变

也许 等待太久是一种错误
我已渐渐走出心灵的误区
让春阳风干潮湿发霉的心
让长满青苔的日子随风飘远
我不再做梦的守望者
我已将生命放逐于
热带雨林气候区
疯长成一片茂盛的枫林
等待太久初心已变

第二辑

感悟人生

故园之春

寒冬遁隐，气候渐渐变暖。丽日当空，春天说来就来了。每当春天到来的时候，我就会情不自禁地怀想起故乡的春天，自然而然地想起"春色满园关不住""万紫千红总是春""一年之计在于春""人勤春早"等有关描写春天景色和农事的词句。

我的故乡地处黔地乌蒙山麓的水城县南开乡一个高寒偏僻的小山村，海拔2000余米，因地势高寒，夏天特别凉爽，自古以来，在这里居住的祖先称她为凉山。说起故乡的春天，留在我记忆深处的，除了漫山遍野和村寨的各种花木果树外，就是农民朋友那繁忙、劳碌的春耕播种的身影，还有八九十年代我在故乡打香椿、挖折耳根、放风筝的那些趣事……

一

在春暖花开的季节里，故乡山冈上的杜鹃花、映山红、山茶花，还有各种叫不出名字的野花，经春风的呼唤，春雨的滋润，春阳的诱惑，次第怒放，五彩斑斓。一树树鲜花，白的像雪，红的似火，绵延十余里，景象极为壮观。远远望去，好似上苍为大地披上的一件色彩艳丽的新衣，也仿佛是哪位画家画好后忘记带走的一幅山乡春景图。

走进春天，故乡山冈上那一蓬蓬、一树树杜鹃花争奇斗

　　　　　　　　　　　　第二辑　感悟人生

艳，竞相开放。血红的像一枚枚高举枝头的火炬，火焰热烈；银白的似乎还带有几缕风霜雪雨的痕迹，令人产生无限的遐想。那鲜艳亮丽的花瓣上，那水灵甜蜜的花蕊中，深藏着日月精华，保存着山川灵气。小时候我们一群小伙伴抓住上山放牛、割草的机会，乘着春风，伴着鸟鸣，追着彩蝶，像一群辛勤的小蜜蜂，飞到山冈上的杜鹃丛林中，摘下水灵的杜鹃花朵，吮吸着每一朵杜鹃花花蕊中的花蜜，啜之若饴。

那时，我还不知道杜鹃花源于杜鹃啼血、子归哀鸣的典故。长大后才知道，传说古代蜀国有一位名叫杜宇的皇帝，与他的皇后极为恩爱。后来他遭奸人所害，凄惨死去。他的灵魂化作了一只杜鹃鸟，每日在皇后的花园中啼鸣哀号。它落下的泪珠是一滴滴红色的鲜血，染红了皇后花园中美丽的花朵。那皇后听到杜鹃鸟的哀鸣，见到那殷红的鲜血，明白是丈夫灵魂所化。悲伤之下，日夜哀号着"子归，子归"，终究忧郁离世。所以后人把他鲜血染红的花取名为杜鹃花。杜鹃花啊杜鹃花，原来你是一首鸟与花终身不弃的爱恋情歌，难怪你开得这么美丽、动人、甜蜜。

在故乡，人们常常把杜鹃花叫作映山红，而把映山红叫作小酸花。为此，我百度了一下，得知映山红是杜鹃花的一个目，我认为把杜鹃花称为大杜鹃，把映山红称为小杜鹃还要确切一些。春天来了，故乡的映山红也开了，一丛丛，一片片，散布在故乡蜿蜒起伏的山脊上，密密层层，开得那么热烈奔放，那么多彩绚丽，那么密密匝匝。红色的、紫色的、黄色的映山红，在绿叶的衬托下格外醒目。那红的艳如玫瑰，那紫的高贵深沉，那黄的灿烂如金。徜徉于成簇成群、竞相怒放而又圣洁温馨的映山红花丛中，淡淡的幽香在空气中弥漫，随风飘散……一阵阵清香沁人心脾，令人心旷神怡。

儿时的春天，放牧归来，或放学回家，走在故乡蜿蜒的山路上，随手采摘一把映山红放入口中，既充饥又解渴，那酸甜酸甜的花瓣味，至今还令人垂涎生津。花瓣的味道，让我明白了故乡人为什么把映山红叫作小酸花。映山红，你是大自然赏赐给故乡的宠儿，你映红了朝霞，醉倒了夕阳。若以大地作琴，春风作弦，映山红啊，你就是萦绕在故乡春天里最美的音符。

故乡村寨里的人们为给孩子解馋，或祈求保佑孩子健康平安成长，家家户户都要在房前屋后种下桃树、李树、杏树、梨树作为孩子的栽根树。每到春天，这些作为栽根树的果木树，你不让我，我不让你，竞相开放。梨花、李花，满树银白、堆雪缀玉；桃花、杏花，姹紫嫣红，落英缤纷。艳丽的花朵，一簇簇，一窜窜，芳香四溢，引来成群的蜂蝶嘤嘤嗡嗡，翩翩起舞，村寨里溢满了浓郁的芳香。

近20年来，因故乡农民生活用煤紧缺，生态保护意识淡薄，山冈上的树木被农民砍来烧火做饭、熏腊肉，昔日那些瓢子粗的什么青杠树、杜鹃树，及一些不知名的树木遭到了严重的砍伐破坏。近10年来，因故乡人们纷纷外出打工，房前屋后的果树无人管护，也逐渐消失了不少。幸好，近5年来，国家重视生态、旅游开发和植树造林，加之生活在故乡的人外出打工的越来越多，生活在故乡的人口在不断减少，减少了对生态的破坏。现在故乡的杜鹃、映山红虽然没有昔日的那番景致，但相信随着社会的进步和发展，人们生态保护意识的增强，杜鹃花、映山红种植会有所恢复。不是吗？2016年，故乡被列为中国凉都·六盘水"216"开放式扶贫试验区钟山战区后，听说要在我家乡凉山搞风力发电，开发一个十里杜鹃景区，我们满怀信心期待着这一天的到来。

二

春天是一年之首，是花开的季节，也是播种的季节，更是一年希望的开端。对于家乡的农民朋友来说，春耕播种是春天里的头等大事。说起春天的农事，常言说："吃不穷，喝不穷，算计不到就受穷！"上一年年末或当年年初，家乡的农民便开始谋划春耕播种的相关事宜。什么时间耖地，什么时间挖粪、背粪，哪一块地种些什么？什么时间下种，农民们都成竹在胸。

每年过了元宵节，农民们就要立即做的一件农事便是挖农家粪。庄稼一枝花，全靠粪当家。那时种庄稼用的都是有机粪。庄稼的长势和收成，就全靠农民们一年辛辛苦苦劳作，加上所养的猪、牛、马、羊的粪便和尿，再经过这些牲口的践踏而成的农家粪。人口多的人家，就一家人挖的挖、背的背。人口少的人家，便要请上三两个邻里来帮忙。农民们先把农家粪挖出来，集中堆放在离家不远的一个地方，再拌上人们的粪便或底肥，拍紧、压实，让其捂个十天半月进行发酵，增强肥效。待集中几天的时间，把地耖好后，就用背篓把发酵好的农家粪按照一块块土地面积的大小，一背一背地把粪背到地里分散堆好，形成一个个黑色的小土丘。

故乡春天还有一种农活叫烧草皮灰。对离家较远的土地，为增加土地的肥力，减少背粪的负担，人们便就地铲下地坎上的杂草、草地上的草皮，再砍些许灌木，并将其堆成一个土丘，点上火，烧个三五天，就有了一堆草皮灰。在烧草皮灰的同时，往草皮灰中放入半撮箕洋芋，用草皮灰覆盖好，约半小时过后，劳作的人们便有了可口的午餐。

粪挖好，草皮灰烧好后，便是耖地。农民们在自家柴草棚的角落里找出了闲置一个冬天的犁头、铧口、泥铲等农具，牵出清闲了一个冬天的黄牛，煮好牛料，让牛饱饱地吃上一顿，好有力气劳动。农民肩扛犁头，手牵牛绳，走进地里开始耖地。因土地在秋收之后，就已经犁过了一次，称作"犁板地"。犁过的土地经过冬天的风霜雨雪，地下的害虫也被冻死得差不多了。这次耖地是让泥土更加松散酥软，好让种子更好地着床。在春阳沐浴中，牛喘着粗气，有时还哞哞地鸣叫两声，农民紧跟牛后，一只手掌控着犁头，另一只手扬起带有泥铲的牛鞭，口中还时不时发出呗叱、呗叱的声音。锃亮的铧口深情而又粗野地划开土地，随着铧口与泥土碰撞产生轻微的簌簌声，任它再板结再大的土疙瘩也被弄得松散酥软，散发出泥土诱人的芬芳气息。

　　待家家户户的粪背好了，地也耖好了。接下来就开始播种了，因播种时工序多，备种子、扯犁沟、丢种子、抬粪肥、放粪肥、盖种子，这么多工序，人手自然也要得多。播种时，关系要好的农户就三两家集中起来，相互换工一起劳作，今天种你家的，明天种我家的，后天种他家的。这样做既不误农时，人手又忙得过来。在我的故乡，主要是种洋芋、苞谷、花豆、荞子，在我的记忆中也种过燕麦。若一个农民不会种这些农作物，他就不是一个地地道道的农民。我在那时跟着大人，也学会了故乡的农活，并在参加工作后，还在家帮助父母干过几年农活，还记得在这几年里挖洋芋时，曾挖断过三四把薅刀把。

　　三两家相互换工，播种几天下来，农民们吃饭更香了，干活更有劲了。播种时大家劳累了，就坐在田间地头稍做小憩。这时，主人家就很懂事地把带到地里的一大木桶，用山泉水与苞谷面制作而成的甜酒和在一起的水花甜酒，用大土碗盛满，一人喝一大碗，既解渴又解困。主人家还拿出香烟发上一圈，水花甜酒的醇香伴着烟草的清香随白色的烟雾慢慢散去。男人在抽烟说笑，女人在聊家长里短。沐浴着春日的暖暖的阳光，伴着布谷鸟清脆的鸣叫声，满身的疲劳顿时消通，那份惬意舒坦让人无法用言语来表达，也令人记忆犹新。

三

　　每年深春，房前屋后、地边山脚的香椿树慢慢抽出嫩芽，要不了十天半月，椿芽就有三四厘米长了，故乡的人称其为香椿。香椿是故乡春天一道美味的野菜。每到打（采摘）香椿的日子，我们一群小伙伴都要忙碌个两三天。打之前，我们都要事先制作好打的工具。选一根长长的竹竿和一把锋利的镰刀，找上一条细麻绳，用细麻绳将镰刀扎扎实实地捆绑在竹竿的一端，打香椿的工具就算制作好了。

　　带着自制的工具，提上一个竹篮，走到房前屋后、地边山脚寻找可以打的香椿。我们先打香椿树不高，一伸手就够得着的香椿。待遇到高的香椿树，且树干粗壮不容易爬上去时，自制的工具就派上了用场。用捆绑有镰刀的竹竿钩住选定的枝条，再用力快速地往下一拉，只听到咔嚓的一声，带有香椿的枝条就掉到了地上，我们如获至宝地将香椿摘下放进了竹篮，一缕浓浓的香椿气息便扑鼻而来。不一会儿，竹篮就装得满满的。

　　回家后将香椿清洗干净，放到开水中煮上几分钟取出来，再用清水淘一下，用辣椒水蘸就可以食用。或者用菜刀将其切碎与鸡蛋一起调匀，用猪油煎好后，一道香椿炒鸡蛋的美味就在农家小屋里飘散。

在我的故乡还有一道被列为贵州名菜——折耳根。折耳根是一味中药，它的中药名称作"鱼腥草"，家乡人叫它"折耳根"。阳春三月，几场春雨下过，在潮湿的沟坎、土坎上及山脚下的杂草丛中，折耳根两三片紫色发亮的叶片就纷纷钻出地面，几阵春风刮过，它那绛紫色叶片便成了一把把撑开的绛紫色小伞。圆圆的紫红的叶片，像一张张笑脸随风摇曳。

肩扛锄头，背背箩筐，沿着沟坎一路寻去，照那绛紫色的小伞一锄头挖下去，翻出一大块泥土，用锄头轻轻将泥土拍散，细嫩而白胖的折耳根便呈现在眼前……待挖满箩筐后，背着箩筐到流水潺潺的小溪旁，用溪水把折耳根洗净后再背回家。掐去根须，再掐成六七厘米长的样子，放进大碗里，倒入酱油，撒入盐巴、葱末、味精，放些许生姜片、豆豉颗、辣椒面，用筷子反复搅拌，十多分钟后，一道凉拌佳肴就可以上餐桌了。吃进嘴里扑哧扑哧的声音响个不停，香脆可口，略带一丝鱼腥味，还散发出淡淡的清香泥土气息。

折耳根挖得多的人家，除自家食用外，还送给亲戚朋友和左邻右舍吃。现在，故乡还专门有人在春天挖折耳根卖，挖上三五天，就可以收获近百斤，洗干净晾干后，用米口袋装着，逢赶场天，就背到场上去卖，换取一些盐巴钱、电费等补贴家用。

放风筝也算是我童年时春天里的一件趣事。风筝，对于我们这些70后的农村孩子来说，就是一个梦，一个传说。在读过清代诗人高鼎的《村居》"草长莺飞二月天，拂堤杨柳醉春烟。儿童散学归来早，忙趁东风放纸鸢"和听过那首耳熟能详的老歌《又是一年三月三》后，知道放风筝是春天儿童的一种游戏或乐趣。那时，我们没有见过真正的风筝，了解的就是从书本里描述的关于风筝的制作和风筝放飞后的那种快乐的感觉。

　　我们按书本里的描述，自己制作风筝。找来竹片按要求削好，用棉线把削好的竹片扎成所需要的图案做成风筝的骨架，用洋芋粉煮就的糨糊将写过的纸张一点点糊在扎好的风筝骨架上，再用挂清的白纸做成飘带，晾干后用三根拉线把迎风面调整好，那充满神秘色彩的风筝就这样大功告成了。

　　我们拿着制作好的风筝到山野空旷的草地上去放，手牵着棉线疯狂地一阵猛跑，风筝随风飘起，居然就飞起了，我们手中的线被风筝牵引得越来越长，风筝不断往上升，在春天的暖阳里升腾，在蓝天白云中翱翔，碧蓝的天空拥着风筝的身影。我们跳跃着，欢呼着风筝飞起来了，风筝飞起来了，稚嫩而喜悦的欢呼声在天空中飘荡，在村寨的上空盘旋……

　　随着岁月的流逝，我长大后离开了故乡，为了生计每天在城市里穿行奔波，但城市里的繁华与喧嚣却掩盖不了我对故乡的怀念。自己宛如故乡放飞的风筝一样，不论飞得多高多远，根永远在故乡，情永远在故乡。

　　故园之春，给我留下了一段深刻的印象，令人向往。故园之春，成为了一个时代的印记，令人怀想。随着中国凉都·六盘水推出的农村"三变"（资源变资产、资金变股金、农民变股东）改革的不断深入，故园之春的那些花事、农事、趣事，将随着岁月的流逝而渐行渐远，成为记忆或梦中的一种朴素而又自然的影像。

故乡的老屋

　　自2004年，父母搬到县城与我们居住后，故乡的老屋就一直闲置下来。之所以称之为老屋，还兼有老家的意思。这些年虽然已经很少回老家了，但在每年清明祭祖的时候，我们几兄弟还是如约而至地回老家祭祖。每次回到老家，都要到那砖木水泥板结构的老屋处去走走看看。因老屋十余年来无人居住，屋前院坝及其阳沟杂草丛生，差不多有一人多高；屋内的碗柜、桌凳、石磨、木床等生活日用品积满厚厚的灰尘。每次看到老屋这种荒凉凋敝的景象，心中不免就会产生几分莫名的苍凉和落寞，但看着老屋静静地置身于环境幽静的山脚下，显得那么安祥和悠闲，不忍心打扰，便悄无声息地离开了。

　　据父亲说，故乡的老屋修建于20世纪60年代末70年代初。其时，我曾祖父、祖父、父亲及我这一代四世同堂，一大家人包括叔叔、婶婶、姑妈及我们兄弟姐妹，就有近20口人，一同居住在100多平方米的一栋木质结构的茅草屋里。别的不说，单是寝室就成了大问题。俗话说："树大分丫，儿大分家。"但是因房子不够住，家也是无法分的。在分家之前，必须得另外修建一栋房子。立一栋木房茅草屋吧，光是框架至少也得要上百棵树木，装板壁少说也要五六十棵树木，而自家山林地中就只有二三十棵杉树，修建木房茅草屋不现实；修筑一栋土墙茅草屋呢，成本倒是不高，但土墙茅草屋经不住雨水的侵蚀，容易

　　　　　　　　　　　　　　　　第二辑　感悟人生

垮塌，年限不长，顶多管个二三十年，也不是长久之计。

父亲在家中八个兄弟姐妹中，排行老二，父亲上有一个大姐，也就是我的大姑妈，当地又称之为大爸，已经出嫁；父亲下有四个妹妹和两个弟弟，四个妹妹分别是我的二姑妈、三姑妈、四姑妈、幺姑妈，也称之为二爸、三爸、四爸、幺爸，二姑妈、三姑妈已经出嫁；两个弟弟，分别是我的三叔和幺叔，又称之为三依（音）、五依，三叔已经结婚。

那时，父亲和三叔均已结婚，并都有了孩子。分家，就是要把父亲和三叔两家分出来，另立门户。父亲想既然自家树木少，立木房茅草屋没条件，又不想修筑土墙茅草屋，那就只有修建砖木结构的茅草屋了。为此，经父亲在当地实际勘察，发现离家不远，约两公里的岩洞门口不但有水、有煤炭，水火俱全，而且还有制作土砖用的胶泥。父亲将自己想修建一栋砖木茅草房的想法告知祖父，父亲的提议得到祖父的认可。就这样，父亲请人制作一套打砖用的工具，一边教书育人，一边利用星期六、星期天和节假日，去南开穿洞族人那里借一头水牛踩胶泥，并带着家人挖胶泥的挖胶泥，打土砖的打土砖，砍柴的砍柴。

特别是在寒暑假，一天下来，父亲及家人个个累得腰酸背疼，但构想着未来的砖木结构茅草房，再苦再累，父亲及家人的心总是充满信心和希望的。砖烧制出窑，通过人背马驮运送到已经选好建造楼房的大山脚。父亲带着一家人到自家山林地选择作为楼枕、檩子、柱头、猫梁、大川、二川、大梁、二梁、椽条等所需木料。一切建筑材料就绪，父亲找人看了个下基脚的日子后，就开挖基础，平整地基。地基平整出来，并下好长15米、宽8米，共有5间房屋的基脚。

下好基脚，木匠就进场施工。房屋用18棵柱头，平均分成两份，每9棵柱头为一立，共两立。每立正中的一柱为中柱，中柱两侧分别为二柱、三柱、四柱和檐柱。中柱高5.6米，二柱、三柱、四柱和檐柱的高度依次递减，檐柱高为3米。每立用大川一皮，长8米，二川一皮、长6米。立房子的前一天，将刨好的大川、二川穿过刨好、打好榫眼的9棵柱头，用木榔头锤打到位，称之为排散。排散好的一立柱头，称之为一立房子，依次类推，排散好的四立柱头，称之为四立房子。一立房子是5棵柱头的为五柱房，依次类推，一立房子是9棵柱头的为九柱房。五柱房的5棵柱头都着地的，称之为硬五柱，依次类推，九柱房的9棵柱头都着地的，称之为硬九柱。中柱两侧的二川上站半截柱头，顶替二柱，称之为挂耳，叫软五柱。三柱旁的大川上站半截柱头，顶替四柱，也称为挂耳，叫软九柱。老屋的大川、二川上都有挂耳，檐柱待砌砖砖墙代替。因此，老屋是软九柱房。

待黄道吉日，就立起已做好的排散，称之为立房子，也叫立柱。立房子时，先用三根牮杆将绳子分别固定在中柱与二川交接处，三柱与大川的交接处，支撑着一步一步起立，一直立到与地面垂直，然后用两根圆木连接两立房子的三柱，称之为扯牵。这样让两立房子遥相呼应，稳固站立。另外两立待砌砖墙代替。房子立好后接着上大梁。上大梁是立房子最隆重的仪式，木匠将当天从山林中选好砍来的杉树砍成长方体并刨光，割好榫头，用一个银元（俗称大板）放在大梁的中央，再用一块四十公分见方的青布对角覆盖着银元。之后，用一条红布捆着一双交叉的筷子压在青布上，再用竹钉钉在大梁上，称之为包梁布。包梁布两边贴上"紫微高照"四个大字朝向屋内，同时在两棵中柱贴上"立柱喜逢黄道日，上梁正遇紫微星"的对联。将一只大红公鸡蹲在包梁布的上方。随后，用绳子拴着大梁的两头。木匠爬上大川，帮助上梁的人把绳子递到木匠手中后，也爬上大川，把大梁提升至大川处，木匠爬上二川，边爬边说"四句"，即上梁时用的吉语："爬了大川爬二川，儿子儿孙做高官。爬了二川到梁头，代代儿孙中诸侯。"帮忙上梁的人们也跟着爬上二川，把大梁一步一步地提升到位，投入中柱的叉口里，接着在堂屋中燃放一串鞭炮，就算大梁已经上好。

大梁上好后，接下便是抛梁粑。父亲蹲在堂屋正前方，背向大梁，反手牵着拴在身上围腰的两只角，木匠站在二川上，将用糯米做的两个大圆粑粑抛到围腰里。木匠边抛边说："一个粑粑圆又圆，抛在主家堂屋前，自从今日抛过后，儿子儿孙中状元。"接着帮忙上大梁的人，也站在二川上，抛下方块形的小粑粑，边抛边说："粑粑一抛东，儿子儿孙坐朝中；粑粑一抛南，儿子儿孙中状元；粑粑一抛西，儿子儿孙穿朝衣；粑粑一抛北，金银财宝滚进来。"其时，亲戚朋友，大人小孩，个个均集中精力注视着粑粑抛下的方向。粑粑一抛下来，人人都争先恐后地笑着跳着，有在空中接到粑粑的，有在地上捡到粑粑的，现场气氛活跃而热烈。粑粑抛好数分钟，知礼听话的站梁鸡鸣叫三声后，就从大梁上飞到房子的正前方的地上，上梁完毕。

柱头在地基上立起来，就开始砌砖墙。砖墙是砌在所下基脚的墙基上，砖是烧制的小土砖，长二十八公分、宽十四公分、高六公分。砌砖也有讲究，有"一一墙""一八墙"和"二五墙"之别。"一一墙"，是用单块砖顺着砌，厚度约十四公分；"一八墙"，是用两块砖迭起顺着，再用一块砖的大面紧紧靠叠着砌，厚度约二十公分；"二五墙"，是用一块砖横着，再用两块砖并排着砌，厚度约二十八公分。一层横砖，一层顺砖，称为一顺一顶；一层横砖，两层顺砖，称为两顺一顶；一层横砖，三层顺砖，称为三顺一顶。老屋是"二五墙"，三顺一顶的。待砖墙砌到与大川的高度水平时，将刨好的圆木二十六棵，头搭在大川的卡方上，尾搭在砖墙上，称之为安楼枕，安好的楼枕距地面2.4米高。

安好楼枕，继续砌砖墙，砖墙距离楼枕两尺高处，将刨好的八皮挑分别安装在砖墙四角和檐柱平行的砖墙里伸出三尺。这时所砌砖墙要根据排散柱头的高度逐渐收窄。待砖墙砌到与二川的高度水平位置，把刨好的6棵圆木，将榫头投入相应的柱头的榫眼里，尾搭在砖墙上，称为上猫梁。猫梁离地面4.4米。猫梁上好，继续砌砖墙，所砌砖墙也是要根据排散柱头的高度逐渐收窄。待砖墙的最高处与中柱顶部水平，把刨好的圆木的榫头搭在中柱的叉口上，与大梁成鱼尾榫相接，尾搭在墙砖的最高处，称为上二梁。然后，再在两立柱头之间砌砖，直把砖砌到大川处。这样砖墙就算砌结束了，房屋的框架基本形成。

砖墙砌结束后，把修整好的24棵圆木，头搭在二柱、三柱、四柱和檐柱叉口上，形成鱼尾榫相接，尾搭在砌好的砖墙上，称为勾檩子。勾檩子时，要将每棵圆木弄平顺，抬好水平。将事先刨好的数百根茶杯粗的木条，头搭在大梁、二梁上跨过檐墙，尾搭在出檐墙一米的挑檩上，并用钉子稳固，称为上椽条。用手指粗的木条横放在椽条上，约10公分远一棵，再用在山上采来的藤子固定在椽条上，称为绑浪扎，接下来便是盖茅草。

将从各座山上割来的茅草，从房檐的右端开始平铺至房檐的左端，用稍微比浪扎粗的木条压着茅草，再用藤子将茅草固定在椽条上，称为行檐。如此再番，一压一压从房檐处往上盖。一压距离上一压约一点二三米。平铺约20公分厚的茅草，用木条压紧压实，再用藤子固定在椽条上。盖完一压盖二压，直到用茅草盖到房梁。待盖到房梁时，用乱茅草从房脊的右端平铺至房脊的左端，茅草约40公分厚，用约10公分厚的松土压住茅草。在房脊的两端各放上一捆同人样粗的顺茅草，并用8根小木桩钉牢实就可以了。这称为垛房脊。

门有大门，堂屋门（从伙房通往堂屋的门）、脚门、房圈门，安装好门窗，勾好外墙缝口，砍来竹子在伙房的楼枕上扎好楼笆，用圆木改成的薄板在房圈的楼枕正好楼板，最后粉刷好内室的墙壁。前前后后历经三年的苦战，终于在1972年，一栋砖木结构的茅草房修建落成，在山脚下拔地而起。父亲自豪地说，建好的房子是当时我们寨子上第一栋砖木结构的茅草房。自豪之余，难免勾引起父亲为建造房子曾经有过两次致伤致命危险的特殊经历。

据父亲回忆，一次，他在下麻窝背面的冲头岩上，砍一棵直径约50公分粗的桦香树，准备用来做房子的檩挑。桦香树长在七八十度的陡坡上，离山下的小路八九十米高。父亲蹲在桦香树下砍，极为吃力。当桦香树被砍了十分之八九的时候，由于桦香树的正后方是一处凸起，约50公分高的石梁不便于坐，父亲便站起来走到桦香树的右后方坐下来，侧着用脚蹬桦香树。父亲用右脚猛力一蹬桦香树，桦香树轰然倒下。但令父亲没想到的是，随着树的倒下，树支撑着的石梁紧跟树一拥而下，垮塌声如雷贯耳。瞬间，扬起的尘土成一股浓烟冲上天空。在石头伴着桦香树垮塌的那一分钟，父亲如梦初醒，待石头垮塌完后，才知道自己是坐在长约9米，宽约2米，深约1米的大石槽槽的边沿。垮塌的石头挡住了山下的小路，约有百吨。幸好父亲是在树右后方蹬的，若是在树的正后方蹬，后果将不堪设想。之后，父亲才听在顾家大地薅苞谷的群众说，还以为是冲头地震了。

另外一次是某天父亲在抢媳妇垭口左边的山岩上割茅草，有一堆与箱子大小的乱石隔着一大蓬茅草。父亲跨一大步踩在乱石上，右脚跨过乱石去割那一大蓬茅草。不料那堆乱石不稳，石头一翻，卡住父亲右脚的小腿，父亲忍着疼痛，小心谨慎地，试着慢慢移出被卡住的右脚。父亲说："如果踩翻那块石头时，没有缝隙，后果也将是不堪设想的。"可以说，父亲为了建造房子，真是吃尽了苦头啊！

老屋连出檐长16米、宽9米、高5.6米，设计为5间，两立之间为一大间，即堂屋；两立柱头左右各有两间，分别为伙房和房圈。1973年分家时，因父亲劳苦功高，分得堂屋和左侧各一间伙房、房圈，三叔家分得右侧的一间伙房、房圈。

堂屋用来暂时堆放夏秋两季从地里收回的洋芋、苞谷、花豆、大豆等庄稼，待每收完一样庄稼，就按照来年的种子、人吃的、猪吃的分拣好，该上炕楼的上炕楼，该入囤箩的入囤箩，该上圈楼的上圈楼。待上炕楼的苞谷个个、大豆把把、花豆把把炕干水分后，也要再一次从炕楼上放到堂屋，用粮杆捶打脱粒。堂屋的后壁称之为神壁，神壁的正中央安放有长1米、宽约20公分的木板，称为神龛。堂屋后方左右两侧，安放石磨、柴灶；堂屋的前方左右两侧贴近墙壁角落处放有水缸及锄头、镰刀等农具。当家中遇到祝寿、男婚女嫁等，举行各种仪式时，把堂屋中家什物件统统搬出，腾空堂屋，或举行各种仪式，或设宴招待亲朋好友。

伙房是专门用来生火做菜做饭和吃饭的地方，有用木条或竹子钉或扎的炕楼、楼笆，用来炕粮食、放囤箩。有装碗筷的碗柜或筷箩、碗箩、锅架，有吃饭用的四方桌、板凳，有煤炭火灶、洗脸盆架、洗脚盆架等。房圈是用来睡觉的，即卧室。

　　　　　　　　　　　　第二辑　感悟人生

卧室里有木床、柜子、箱子等。

俗话说："起房坐屋百年大计。"近半个世纪以来，砖木结构的茅草屋经过两次修缮，变成砖木结构的水泥瓦房。1978年，父亲和三叔商量，准备在以前打砖的地方岩洞门口做土瓦，将茅草屋改为土瓦房。土瓦做好运到位后，撤掉了茅草和木条，用四寸宽的木板替代了木条，称之为椽皮。最后沿房檐，用约近十公分宽、两三公分厚的木板钉在椽皮的末端，叫吊檐，以免所盖的瓦掉落下来。将制作烧制的土瓦覆盖在椽皮上，称之为盖瓦。瓦有沟瓦和硫瓦之别，沟瓦稍厚、光滑、规整，质地要好一些，硫瓦稍薄，粗糙，没那么多讲究。

盖瓦之前，要用木楼梯一头着地，一头搭在吊檐处。人们接龙式的，一人接着一人，一手一手的，通过楼梯将堆放在地上的瓦运送上房子，放在两根椽皮之间的缝隙处叫卡瓦，卡好瓦后接着盖瓦。盖瓦与盖茅草相反，盖瓦是先垛房脊。先用瓦在大梁的包梁布上面砌成空心五角星。接着用瓦在空心五角星两侧按照行三坐五的形式，也就是用三块瓦站着、五块瓦迭起扑着，分别从瓦空心五角星两侧处垛至二梁末端的风檐板上，然后用硫瓦一块接一块地盖在行三坐五之上，离风檐板两三米远逐步起翘至风檐板，高度与空心五角星一致即可。房脊垛好后，分为一步水一步水地从上往下盖，一步水与一步水之间距离约五六尺。盖每一步水时，边盖边选出沟瓦，把选出的沟瓦一块一块地仰放在两根椽皮之间，一块沟瓦压着一块沟瓦地从下往上盖，再将硫瓦一块一块地扑着搭在相邻两侧的沟瓦上。一块硫瓦盖一块沟瓦叫一搭一，称为拖瓦，很薄，如果硫瓦日久风化，屋子容易漏雨。两块硫瓦盖一块沟瓦上称为撑瓦，也叫一撑二；三块硫瓦盖一块沟瓦上也称为撑瓦，也叫一撑三。盖撑瓦即使有一块硫瓦被风化，也不会漏雨，而且比较美观。

老屋的瓦是以"一撑三"盖的。盖完一步水，再盖下一步水，下一步水盖接上一步水，盖到吊檐就是最后的一步水了。直到用瓦片把整个屋面覆盖。盖好的瓦房也是我们寨子上第一栋砖木结构的土瓦房。

之后的几年，因我们及三叔家的孩子逐渐长大，父亲和三叔均在各自的房圈后配了一间后廊。此外，父亲又在老屋的左侧修建了3间约50平方米的水泥平房。又过了三四年，父亲拿出一些钱给三叔，三叔家另选了一处地基建了一栋大平房。1988年，父亲在我们的帮助下，撤除了土瓦，将以前的椽皮板，该修缮的修缮，该更换的更换，盖上了水泥板瓦房，成了我们寨上第一栋砖木结构的水泥板瓦房。

老屋坐落在大山脚下，背靠青山。老屋团转还栽有四棵核桃树、两棵桃树、两棵梨树、一棵拐枣树。四棵核桃树是父亲在建好房子的第二年，从同事杨云文老师的家中挖来栽的，11年后核桃树开始挂果。之后，父亲从水城的二姑妈家挖来一棵拐枣树栽上，可能是因为海拔过高，至今还没挂果；桃树和梨树，是父亲栽下并嫁接的，我们在家时，结了很多桃子，也解了我们的馋，但因之后老家没人住了，也没人管理，桃树慢慢枯萎死掉了。梨树至今还在，也挂果了，但没人照管，还没成熟就被寨上的孩子摘吃光了。

我读初中时，父亲在亲戚家挖了两窝竹子栽在屋后，现两窝竹子枝繁叶茂，把整个阳沟及其周边长满，翠竹婆娑，郁郁葱葱，别有一番景致；我在老屋的房前栽有两排七八棵柳杉树，现杉树有一抱多粗，近20米高。

故乡的老屋，那一砖一瓦是父亲母亲心血的杰作，那一窗一棂是父亲母亲汗水的结晶。故乡的老屋，承载了我儿时的欢乐和幸福的梦想，童年的时光，与老屋结下了无法割舍的情怀。故乡的老屋，孕育了我儿时五彩斑斓的梦想，在老屋里的那盏煤油灯下，我一心苦读圣贤书。老屋啊老屋，我始终无法忘却您伴随我度过的那一段难忘岁月。

　　故乡的老屋是父亲母亲的根，是抚育我们兄弟姐妹成长的摇篮。东晋大诗人陶渊明在其《归园田居·少无适俗韵》中写道："羁鸟恋旧林，池鱼思故渊。"笼中鸟常依恋往日的山林，池里鱼儿依旧向往着从前的深渊，何况人乎？老屋啊老屋，您是我灵魂的归宿，您是我精神的家园。我虽身处繁华热闹的城市里，但是我的心却依旧留在了乡村，留在了我那温馨的老屋。离开故乡的老屋越久，对老屋的记忆越清晰，梦回老屋的感觉就越温馨。故乡的老屋在我生命的旅程里，就像一枚红红的印章深深地印在我的心里，永远铭刻在我生命的档案里。

雨夜读书亦做梦

从20世纪90年代初读初中起，便养成了睡觉时必须要读书才能入睡的习惯。后来，不论是在读中师、大学期间，还是在工作出差之时，床头都要置放几本要阅读的书。特别是在家中卧室的床头柜上，除了一盏台灯外，几乎堆满了书，应该有四五十本吧。每晚入睡前，总要躺在床上读书，时间长的有两三个小时甚至更长，短的也有半个小时。掐指一算，这个习惯已有近三十年了。

在杨梅乡姬官营村脱贫攻坚轮战队驻村的我，也随身携带了《生命之思》《孽债》《蹉跎岁月》《致森林》《文艺主体创价论》五本书。《生命之思》《孽债》已经读完，《致森林》《文艺主体创价论》阅读了部分。在这两周以来读过的这四本书中，对《生命之思》的印象特别深刻，当然叶辛的《孽债》也颇有感触。

《生命之思》是我在贵州师范大学读书时的美学老师、当代著名美学家封孝伦先生的美学著作。之前，我用了将近四个晚上的时间，阅读《生命之思》，他那素朴而赋有哲思的笔触，深追根源，抓住人是有生命的存在，因而就有生存、延续、幸福和欢乐的要求和追求。这是继他的《人类生命系统中的美学》之后，又一次系统地对他提出的"三重生命"之说的深入和拓展，进一步论述了人类生物生命、精神生命和社会

　　　　　　　　　　第二辑　感悟人生

生命这"三重生命"的关系，进一步论述分析了生命的价值、生命的意义、生命与政治、生命与真善美、生命与自由，诠释"三重生命学说"是生命哲学及生命美学的一次创新。

　　2018年3月1日夜，在脱贫攻坚轮战队住处的杨梅乡姬官营村寨上组，细细密密的春雨淅淅沥沥，春夜显得寂静而安详。走访了一天贫困户，已累得筋疲力尽。晚饭后洗漱完毕，八点半便走进轮战队住处的卧室，扭亮白炽台灯，灯光温馨，心平气静地侧躺在床上，随手拿起著名作家叶辛的知青系列代表作之一的《蹉跎岁月》。翻开《蹉跎岁月》扉页，谛听着窗外淅淅沥沥的春雨声，平心静气读着叶辛自作的《总序》和蒋子龙所作算是序言的《叶辛的谜，谜一样的叶辛》，翻到书的最后，接着阅读叶辛作的算是后记之类的《我和〈蹉跎岁月〉》，最后才开始阅读书的正文。每阅读一本书，我必须先读书的序言和后记，这样可以对阅读和理解整本书有益处，能大致了解整本书创作的时代背景、内容、目的、意义和过程。

　　读着心爱的《蹉跎岁月》，情感与书中主人公柯碧舟、杜见春的命运交织在一起，心情与夜雨交融在一起，真是一种惬意的享受，一种无比的幽雅。在这样静穆的雨夜里，读书是幸福的。时不时透过没有窗帘的窗户仰望夜幕，谛听着美妙的雨声，白天的疲劳随着书中动人的故事不知不觉间消除殆尽。变换一下躺得已久的睡姿，伸个懒腰，让疲劳的双眼稍做片刻的休息，再像鲁迅先生那样点上一支烟，顿觉心旷神怡，心驰神往。不因身处在偏僻落后的山村而寂寞，身居陋室，精骛八极，思接千载，神游古今，书将我带向遥远的地方，从太古到洪荒，从现在到未来。与大师对话，与哲人交流，心灵与心灵产生碰撞，情感与情感相互交融。

　　窗外淅淅沥沥的雨声还未停息，不知不觉，双眼呆滞，眼皮相互打架，睡意渐浓。随手折叠好书页，关掉台灯，伴着雨声进入梦乡……

我是在梦中惊醒的，醒来看了下手机，凌晨两点十八分。雨声中不时传来一声鸡鸣，随后，一呼百应，鸡鸣声此起彼伏，我顿时想到小学时候学过的一篇文章《半夜鸡叫》。隐约记得做了个很长的梦，梦的内容居然还是与我昔日的一位恋人相关。这让我否定了"日有所思，夜有所梦"的说法，因为白天我压根就没有想到我这位昔日的恋人。

梦是连贯的，伴着雨声和鸡鸣，我努力回忆刚才所做的梦，这个梦是有点奇怪。一开始梦见我是在从水城到保华镇的路上，我并没有乘车，而是和十多个人步行。当时，天空飘着细雨，应该是春天，我在仅仅能容下两人并排行走的一座水泥桥下避雨，我前后分别有五六位行人，记不清他们带没带雨伞了。避了约五分钟雨后，我便朝保华中学走去，去看我昔日的一位恋人。令我觉得蹊跷的是，我的这位昔日恋人在实际生活中是在遥远的北方的一座城市里教书，她一家四口都是在北方一座城市里工作、学习和生活。但在梦境中，她却是在保华中学教书，带着一个孩子在学校附近租了一间民房居住。我走到她居住的民房处，大声喊出了她的真名（为了避嫌，这里我不便把她的真名写出来），听见了我的喊声，她带着孩子走出了民房，并告诉我她抛弃了北方的丈夫，带着孩子到了保华，等待实现我们许下的诺言。

在梦境中听了她的述说后，不知怎么的，我带着她和孩子乘坐全是玻璃制作且为全封闭的超市用的那种平缓的电梯，从保华往我的老家南开凉山方向进发，但最终又没有回到我老家南开凉山。不知怎么的，我们来到了金盆乡金盆街上，走出全封闭的玻璃电梯后。正值金盆街上赶集，人来人往，车水马

　　　　　　　　第二辑　感悟人生

龙，热闹非凡。我带着她和孩子，在金盆街上寻找我在金盆中学教书时的一位同事兼朋友的家。当我牵着她和孩子站在这位同事兼朋友的家门前时，我的这位同事兼朋友看见了我们，并招呼我们到他家去坐坐。就这样，在这位同事兼朋友热情的招呼中，我便从梦境中醒来。

　　梦中的这位昔日恋人在我20多年前读师范学校时，因有共同的爱好而相识，我们都是缪斯女神崇拜者。我们通过当时的校园文学刊物《长白诗魂》《中专生文苑》《师范生周报》神交为笔友，书信往来，相互寄过照片，鸿雁传书多年，相互许下了天荒地老、海枯石烂的爱情誓言。但因天各一方，交通闭塞，通讯落后，生活拮据，最终我们有情人未成眷属。之后我们分别成家立业，直到近几年，我们又相互联系上，并相互加了QQ、微信，成为QQ、微信好友，但却一直未曾谋面，联系也不多。说到梦中的几个地点，保华中学是我师范毕业很想去工作的一所学校，这个我昔日的恋人是知道的；南开凉山是我的老家，是生我养我地方，是我的胞衣之地；金盆乡是我师范毕业工作的地方，昔日恋人的很多书信就是寄到金盆中学，寄到我的同事兼朋友，也是当时的金盆中学校长的家。

　　难怪，过去20多年了，我居然还会在梦中与恋人相遇，并相遇在保华中学、南开凉山和金盆街上我同事兼朋友的家中。这是一种偶然，也是一种必然。梦醒之后，我没有去查《周公解梦》，而是继续阅读《蹉跎岁月》。也许是白天走访贫困户过于劳累了，也许是听着淅淅沥沥的雨声，雨夜多梦吧！这个梦虽然令我不可思议，但梦有时也是现实的投影，这个梦可算是我现实生活的某种反映吧！

　　寂静的雨夜，洗去了白日的喧嚣。雨夜读书亦做梦，岁月安好，情趣横生。

享受读书

生活不是读书，但读书却是生活中不可或缺的一个重要组成部分。

古今中外，很多人把读书当作一件极苦的差事。于是就有"书山有路勤为径，学海无涯苦作舟"的古训。中国古代的"学而优则仕"及"书中自有千钟粟、书中自有黄金屋、书中自有颜如玉"等便成为古人读书的座右铭或人生信条。古人为"优则仕、黄金屋、千钟粟、颜如玉"而读书，当然就不会那么轻松愉快了。难怪范进、孔乙己会落下那样可悲可耻的下场。

晚唐诗人、诗论家、美学家司空图的"忘书久似失良朋"，把书看作良师挚友，达到书我融为一体的至高境界；孔子的"发愤忘食，乐以忘忧，不知老之将至云尔"，废寝忘食，以书为乐忘了忧愁，年纪将老也不知道；陶渊明的"乐琴书以消忧"，从弹琴读书中寻求快乐来解除忧愁；杜甫的"漫卷诗书喜欲狂"、宋人尤袤的"饥读之以当肉，寒读之以当裘，孤寂而读之以当朋，幽忧而读之以当金石琴瑟也"；英国哲学家培根说："当你孤独寂寞时阅读可以排遣。"自古诗坛还有杜诗能除病的佳话，南宋胡仔在《苕溪渔隐丛话后集》中说："世传杜诗能除疟，此未必然，盖其辞意典雅，读之者脱然，不觉沉疴之去体也。"从语言文字能调节情态的角度，阐

　第二辑　感悟人生

发了读书可调神祛疾的道理。既然读书有如此功效和无穷的乐趣，以及奇妙的快感，何乐而不为呢？

书是人类文化的结晶，社会发展进步的象征，人类生活经验的总结。通过读书可以增长知识、开阔视野、充实生活、陶冶情操、净化心灵、激发思考、交流感情……正如培根所说："史鉴使人明智，诗歌使人巧慧，数学使人精细，博物使人深沉，伦理之学使人庄重，逻辑与修辞使人善辩。"现实生活中的风土人情、秋霜冬雪、高山流水、朝霞暮霭……这些书中都有，并能通过缕缕油墨香味散发出来与心灵的感悟产生共鸣，创造一片全新的天地，激发你去探索、去追问、去思考、去拥有。

读着一首首精美的诗词、一篇篇隽永清新的散文、一部部波澜壮阔跌宕起伏的小说……陶醉在那盈满哲理、睿智和情趣的文字里，一切杂念排空，一切怨艾消遁，通明、透剔的感悟油然而生。不因为身在偏僻落后的山村而寂寞，也不因为身处繁华嘈杂的都市而浮躁，更不因生活的清贫而悲哀。相反，还感到无比快乐、充实和富有。清代人袁枚说："肯乐贫家即富翁"指的也许就是这种境界吧！

工作之余，常常与屈原、李白、杜甫、鲁迅、沈从文、泰戈尔、莎士比亚、莫泊桑、巴尔扎克等这些古今中外文学、戏剧大师交流。身居陋室心游八极，秋池的巴山夜雨、塞外的大漠孤烟、江南的小桥流水、北国的千里冰封……沉浸在如歌似画的诗文中，生命里充满了激情和快慰；麻木迟钝的闰土、自我慰藉的阿Q、与小二黑结婚的小芹、站在人生十字路口的高家林、边城守望傩送归来的翠翠、用瓦罐抬水脚铃叮铛作响的印度少女、为爱情至死不渝的罗密欧和朱丽叶、为祖国一片丹心的妓女羊脂球、不择一切手段往上爬的于连·索黑尔……

一个个生动活泼的人物形象常常浮现在我的眼前与我对话。他们的生活与命运时时激起我去深思，使我更加热爱生活、珍惜生命。

在当今市场经济的大潮中，真正能静下心来读书，是一种莫大幸福和享受。每个夜晚，我总是沉浸在书本中，凝神静气，尘嚣远遁，不知不觉夜已深远，唯有星星于窗外眨着眼睛闪耀着美丽的星光，陪我一起享受着读书乐趣。

开卷有益，读书是我生命永久的依恋。在我生命的旅途中，书本是我永远的伴侣。

感悟凡人

参加工作六七年，如今又将是跨入而立之年的男人了，除了生命是自己的外，其他的我一无所有。回首过去，想想未来，我终于发现并感悟到自己只能做一个凡人。

记得读师范时，乌发如云，我一身时髦的牛仔装好生潇洒，追星族们又多了一个偶像。可没几年，黑亮的长发不再，真可谓是"多情应笑我，早掉头发"。别人说我"聪明绝顶"，我只好用"憋得无法（发）"来作无奈的回答。虽每天都精心设计、调配着装，但总掩饰不了秃顶的丑相。不是说人的美丽有一半在头发吗？看来今生做不成明星了。

"十年寒窗无人问，一举成名天下知"，这是孩提时父亲常给我讲的一个关于读书人的对联故事。它给我的启发极大，印象颇深；我还深受中国古代"学而优则仕"传统思想文化的诱导，原本认为通过读书可以升官发财，可以成名天下，但枉有十多年的寒窗经历，却无一举成名的奇遇。鄙人无用，无用的鄙人虚度二十多个春秋，勉强混得个"汉语言文学"本科，但学士学位都没捞到一个，学者、专家与我无缘。

虽爱涂抹一些美其名曰诗歌或散文的东西，但总是走不出小小的情感怪圈，终究是成不了什么气候的，离诗人、作家更是遥遥无期。那么，就只好来算算积蓄看是否能有做个大款的资本。把伴随我度过十多年的一套简单行李及穿了几年的旧衣裤折合成钱加起来还不足千元人民币。不必说存款、房子，也不必说美女、车子。单是为找一个女朋友就四处碰壁。实在是既丢人，又可怜啊！之后，我还发现自己才思枯竭，毫无经济头脑，缺乏社交能力，终日在碌碌无为、平平淡淡中度过……

这一切的一切都告诉我：你只能做一个凡人。

我不禁替自己孤独而卑微的生命悲哀起来。大哭大闹来到世间，本想轰轰烈烈风风火火活一回，没想到却是默默无闻地打发日子，虚度年华。岁月如风刮过，翻开生命的土地，一片空白。

走在人潮如流热闹繁华的都市街头与人擦肩而过，没有谁会在乎或注意我的存在，更没有谁会关注我的生活与命运。自己仿佛就是都市上空一只孤独盘旋的雄鹰，找不到栖息的巢穴，只好随风去漂泊，随云去流浪。

离别了故乡多年，山还是那样的苍茫雄伟；河还是那样的奔腾不息流向东方；路还是那样的曲曲弯弯坎坎坷坷；男人照样下地干活，女人照样生孩子；老人照样抽着烟袋，说一些陈谷子烂芝麻老掉牙的故事；孩童照样上山放牛羊打柴草掏鸟蛋……自己仿佛就是山野的一缕清风或一丝流云，抑或是一株无名的自生自灭的小草，与别人无关。

长不成参天大树，做不了国家栋梁之材，就做山野里一株无名的小草吧！小草的生命也是颇具韵味颇有灵性的。当我在山乡教书育人，渐渐习惯平凡后，才感悟到平凡也是有很多好处的。

生活在凡人的世界里，没有美丽而真实的欺骗谎言，可以毫无心机毫无防备地与人推心置腹促膝相谈；没有尔虞我诈、勾心斗角的商界和政界的人生游戏，不必为功名利禄的引诱而焦头烂额，也不必为争权夺利而撞得头破血流、伤痕累累；没有臣民或主仆之间低三下四的卑躬屈膝，不必强作欢颜去做违背良心失去尊严的交易；没有太多的欲望和痛苦，可以说人生的痛苦产生于欲望的难以满足。旧的欲望满足了，新的欲望又产生了；欲望越多、痛苦就越多，痛苦的积累就是死亡。没有别人的攻击和纠缠……高兴时就放声大笑，悲伤时就大哭一场，苦闷时就呐喊几句，无聊时就猛吼一声。这是生命的自在形式和自然流露，没有谁认为你有损形象、失大雅，这就是凡人的生活。

我暗自庆幸自己是个凡人，迈步三尺讲台，传承祖国悠久的历史文化；独守一方净土，培植祖国绚丽的花朵；挥洒一片童心，塑造祖国美好的希望和未来。讲台上，我虽没像三味书屋中寿镜吾老先生那样成天板起个冷面孔，令学生望而生畏，但还是装出一副严肃的神情（自认为是树立教师威信），在学生面前侃侃而谈。在学生的心眼里我不仅是他们的大哥哥、大朋友，而且还是一位才高八斗、学富五车的大学者。其实呢，自己是什么货色，自己最清楚。语文教学是一种审美境界的艺术欣赏过程，课堂上灵思飞动，渐入佳境，学生听得入迷入毂，这就是我最大的安慰。望着一茬茬学生走进校园又走出校园，一种播种的希望、丰收的喜悦和成功的欣慰油然而生，充溢全身，这便使我超越了平凡感悟到了凡人的美丽。

我不禁在心里默念：做凡人真好！

追梦人

　　不知是这纷繁复杂的大千世界，还是这五彩缤纷的美丽人生；也不知是这桃红柳绿落花流水的春夏，还是这落叶飘飘霜雪飞花的秋冬；更不知是这夕阳西下的山里黄昏，还是霓虹闪烁的都市夜景……这一切的一切激发了我对生活的热爱之情，也激发了我对缪斯女神的钟情，对文字游戏的向往和对文学的憧憬，使我成了一个爱做梦的人。

　　做梦的日子，我总小心翼翼地把梦捏在手中，藏进心里，锁进抽屉，关在小屋。走进梦的季节走进了深深的雨季。雨季，我害怕梦失落，也害怕无情的雨水打湿梦的羽毛，更害怕无形的风儿折断梦的翅膀。长长的雨季过后，所有的东西都发霉了，阳光下，我鼓起勇气壮着胆子怀着恐慌将美丽的梦晾晒，而梦却跟着阳光跑了，它说它要去飞翔。于是，我便成为一个追梦的人。

　　在追梦的历程中，我饱尝到生活的艰辛，也享受到些许慰藉些许欢悦。尽管梦长着翅膀，我还是充满信心地去苦苦追逐；不论梦离我多么遥远多么迷茫，我都无怨无悔、因为我只是一个追梦的人。在多少孤寂无助的岁月里，我总是用手中毫无灵性的笔来打发日子、弥补时间的空白，像一只笨拙的蜗牛在格子上苦苦地爬行着。在苦涩稚嫩的文字里，我咀嚼着梦美丽的酸涩；在成长的岁月里，我的心困苦得像十月蛰伏在河岸的枯草，而梦想却在滔滔东流的水波中歌唱。

我总是一个人坐在明净的窗前，把如网的社会、如梦的人生倾注纸上，连同自己不高兴时的长叹短吁，烦恼不如意时的伤感；总爱在风雨潇潇蛙声四起的夏夜伴孤灯抒写忧伤的情怀，让伤痛更加鲜明更加深刻；总爱在日落西山的黄昏里踩着鸟声和夕阳的笑容回家，抒写一份浪漫的情调；总爱在月色朦胧的夜里散步，如一只无家可归的夜鸟去感受、去描绘月夜的空灵之美。我常常喜欢让暖暖的阳光吻我的额、眼睛和脸颊，观看窗外那连绵起伏的群山，任思绪像脱缰的野马在原野上驰骋，一路上的风景美丽如画，而我时时掉入我瑰丽的梦中，梦又离我越来越远了。

我欣赏唐诗的韵味，喜欢宋词的婉约，更钟情于散文的隽永清新、小说的波澜跌宕。暑假和寒假我沉浸在一种莫名的忧伤里。我喜欢读泰戈尔、汪国真、徐志摩和席慕蓉的诗。他们的诗总是平淡中见真情，并带着深深的哲理；也喜欢读莫泊桑、鲁迅、赵树理的小说；更喜欢读中外那些散文名家的精美作品，它们像珍珠般在我的生活中熠熠生辉，让我爱不释手。心血来潮、灵感来临时，也写一些玩意儿，名曰诗歌或散文的东西。虽然投寄发表的不是很多，但是我从不悲哀，很多事情，只要自己去争取了，就应该无怨无悔。最起码，我的心灵已得到足够的宣泄。

文学是神圣的，我永远都不能去玩弄文字的游戏，因为我只是一个追梦的人，唯恐侵犯了心中那一块神圣的净土，我总觉得，每篇文章都是一种心情的流露一种心灵的寄托一种感情的宣泄。

然而我仍要追梦。尽管街上不再流行泰戈尔，不再流行周树人；尽管人们不再流传曹雪芹，不再流传李清照，我还是要逐星赶月争分夺秒地去追我的梦。虽然那些远古的罗曼蒂克与现代高节奏生活并不相违背，但面对这被冷落日渐混乱的文坛，我有些心痛又有些惋惜，最终只有苦笑和摇头，为那些已逝的远古文人感叹！

我是一个追梦的人，我拖着梦的跛脚在格子上艰辛地爬行。也许这一辈子我只能像蜗牛一样背负着沉重的外壳，我却无悔。即使在我贫穷得只有思想的时候，我也要以一种心情去抒写我美丽而渺茫的梦，只因为，我是一个为了梦爱一生的追梦人。

我与民进的情缘

当我在键盘上敲下"我与民进的情缘"这几个字时，我就想到：在我的人生道路上最有意义的就是加入了中国民主促进会，成为一名光荣的民进会员，也成为参政党的一员。我是2005年12月加入中国民主促进会的，而在2003年就与这个参政党结下了不解之缘。说起这段不解情缘，还得感谢这个组织内的仁人志士，他们深深地吸引着我，给我留下了很深的印象。

那是2003年6月的一天，我作为《水城报》的一名记者，因报社安排我去采访，有幸参加了由中共水城县委组织部、中共水城县委统战部联合组织召开的"民主党派工商联党外代表人士座谈会"，会上我第一次领略到了民主党派成员的风采，感到很新奇，也很实在。他们都是水城县的中高级知识分子和很有名望的专家学者，但对人却非常亲近和蔼，当与他们交谈时，他们总是面带笑容并向你微微致敬。他们说话没有客套，直截了当并切中要害，提出了许多结合水城实际，加快水城经济社会发展的宝贵意见。

之后，我特意打听了水城县内四家民主党派的具体情况及入会条件。当我得知各民主党派的成员都是社会各界的精英、各行业专家学者时，深感自己与他们的差距。正在我有点失望的时候，在单位同事王力人的介绍下，我接触到了当时民进水城总支的负责人，说可发展我入会，并给我推荐了一本介绍中国民主促进会的小册子，我如获至宝。

从这本小册子中，我初步了解到中国民主促进会是以从事教育文化出版工作的中高级知识分子为主的、具有政治联盟性质的、致力于建设中国特色社会主义事业的政党，主要包括教育界、文化艺术界、新闻出版界、医药卫生界等各界的优秀人才。特别是自己最敬仰的革命前辈马叙伦，作家周建人、叶圣陶、冰心、冯骥才，社会活动家雷洁琼，书法家赵朴初，教育家许嘉璐等。

2005年的初夏，我便向民进水城总支递交入会申请书。2005年12月，经过民进六盘水市委的审批，我光荣地加入了中国民主促进会。从接到入会通知书的那天起，我就把自己和中国民主促进会紧紧的融合在了一起。随后，我还被选为了政协第六届、第七届水城县委员会常委、委员。之后的2009年还调到政协水城县委员会办公室工作。十余年来，在民进水城支部（总支）的领导下，我积极主动参与政协和党派的民主监督、参政议政及社会服务工作。

入会以来，我积极主动参与民进六盘水市委、水城县政协和民进水城支部（总支）开展的各项活动。参与水城县对各行业部门及乡镇基层站所开展的民主评议行风活动，针对相关工作提出许多建议和意见，有力地增强了基层站所干部职工的服务意识，促进工作作风的转变。深入基层、关注民生、了解民情、反映民意，以个人或组织的名义向民进六盘水市委员会及水城县政协全体会议提交上百件提案和几十条社情民意信息，促进了相关问题的解决，密切了民进与群众的关系；按照民进水城总支的安排部署，参与了水城县涉农资金使用管理、义务教育阶段农村中小学生公用经费管理使用等方面工作的调查研究活动，并撰写了几十份视察调研报告；参与了民进水城总支组织开展的送科技、文化、教育为主"三下乡"活动和"同心助教"活动等，足迹遍及水城县双戛、阿戛、都格、猴场、南开、米箩等20余个乡镇，为山村学校及贫困学生解决教学设施设备、学习用品紧缺的问题；积极参加民进六盘水市委、民进水城总支组织开展的2008年抗雪凝灾害和汶川大地震及2010年抗旱救灾和玉树抗震救灾献爱心捐赠活动，为灾区灾后重建工作奉献了绵薄之力。民进水城总支在思想建设、组织建设、机关建设，在参政议政、民主监督、社会服务等方面所取得的成绩和荣誉，无一不反映了集体劳动的成果；反映了集体智慧的结晶；反映了凝聚力量、聚沙成塔的道理。

　　我总认为，作为一名民进会员，必须时刻牢记民进创始人马叙伦先生留给我们的最后政治箴言："只有跟着共产党走，才是在正道上行"。民进始终要秉承"坚持接受中国共产党的领导，坚持爱国、民主、团结、求实，坚持立会为公"三大优良传统。继承和发扬民进老一辈领导人的精神风范，马叙伦、叶圣陶、冰心、赵朴初、雷洁琼和许嘉璐等几代民进人使我深深的敬佩他们德才兼备、高风亮节、博学多才，对祖国的热爱和无私的奉献，对执政党的信任和赤诚，他们的榜样力量、人格魅力深深地感动着我。回顾加入中国民主促进会，我受益匪浅。在民进这个大家庭里，在民进组织的教育培养下，我学会了许多。

　　一个人的生命有限。我将珍惜这每一寸有限的光阴，更珍惜对民进的那一份深情。除了在本职岗位上认真工作以外，我还将一如既往地、满腔热情地参加民主监督、参政议政、社会服务活动，把精力倾注在民主监督、参政议政、社会服务工作上，做好调查研究、撰写调研报告，收集社情民意、撰写提案与信息，为我会参好政、议好政奉献自己的力量。

　　我与民进结下了不解情缘，共产党、民进组织对我的培养我铭记在心，我要始终坚信和拥护共产党的领导，永远做一名优秀的民进会员。我心在民进、根在民进，爱国、民主、团结、求实的精神在我心中永存！

孤独二题

品味孤独

孤独，即独处。现实生活中多数人颇不喜爱孤独，常把孤独与无聊、空虚、烦闷这些描写心境极坏的词语相提并论；总是把孤独看作是一种可恶的病魔而拒之于门外；总是想方设法逃避孤独、走出孤独。

其实，孤独并不像想象的那么可怕，只是多数人没有去真正地品味到孤独的妙处罢了。

孤独，是一种境界。现代人的情感被更多的名利、物欲所困扰；现代生活的快节奏也使闲适情趣远离人的心灵。在这样一个物欲横流、人心浮躁的环境中，若能走出这尘世的喧嚣去独守自己的一片天空，让心灵做一次散步，那将是一种无法言说的惬意和快慰的境界。

周末或节假日，独自一人到郊外或乡村，去观赏行云流水的清丽淡远，飞鸟野鹤的闲适飘逸，日落西山的美丽黄昏；去触摸野花小草生命的灵性，仰望星空的深远莫测；去品味丹枫飘飘的韵味；洁雪纷纷的浪漫……让这一切的一切洗净灵魂，使自己的心绪不带任何杂念地投入到大自然的怀抱，让那些对现实长吁短叹的不满和厌世疾俗的伤感随风而去。真正地走进了孤独的圣地，就真正地进入了一种神圣的境界。

孤独，是思索的完美时空。"追求需要思索，思索需要孤独。"这不知是哪位名家说的了，它道出了孤独的一大妙处。的确，在孤独的时空中，一个人的思索往往会达到最佳状态。这个观点，从中外古今许多伟人、名人的生活经历中是不难印证的。李白的《将进酒》中不是也有"古来圣贤皆寂寞"的名句吗？还有名人易卜生也说过："世界上力量最大的人，是最孤独的人。"人在追求中思索，在思索中追求，都离不开孤独。

人生的路上，成功和失败总是结伴而行；在生活的旅程中总是欢乐与痛苦相互交织。孤独时，拥有自己一片心灵的天地，用一颗平常心去咀嚼尘世间的真善美与假丑恶，分析生活中的得与失、是与非。揭示出生活的规律、生命的真谛，总结成功的经验吸取失败的教训，为一次次的成败或欣喜或自责，不断去领悟人生。在孤独中让灵魂升华，总结自己更新自己重塑一个自己，为生命的行程创设道路。

孤独是一首精美的小诗，只有用心去反复研读细细品味，才能咀嚼出它的韵味和情调；孤独是一杯清香的茗茶，需要去慢慢品尝，才能余味无穷……拥有一份孤独，就拥有一份美丽的人生；拥有一份反刍生活、诠释生命、思考人生的完美时空；拥有一份颇丰的生命财富……

我们应学会拥有孤独、品味孤独，慎重地走好人生的每一步。

也说孤独

几乎每个人都会有一份孤独的时空。孤独是一种独处时的心境。

人处在不同的生活环境中就会产生不同的孤独感。有远离故土独处异地的孤独；有年迈独居回忆往昔的孤独；有情场失意独自伤感的孤独；有被冷落无人慰藉的孤独；有无人理解缺少知己的孤独；有力不从心无可奈何的孤独；有官运不畅自暴自弃的孤独；有举世皆浊唯我独清的孤独；有生不逢时怀才不遇的孤独；有失去朋友孤单无助的孤独；有性情孤僻身居人群闹市的孤独……

可以说孤独是生命中的一部分，是每个人普遍存在的一种心境。现代人有现代人的孤独，古人有古人的孤独；伟人有伟人的孤独；凡人有凡人的孤独；老人有老人的孤独，青年人有青年人的孤独；男人有男人的孤独，女人有女人的孤独……

俄国作家契诃夫曾说过："独居是智慧之母。"也就是说孤独是产生智慧的源泉。"板凳甘坐十年冷，文章不写半句空"这难道不是一种孤独的情景吗？曹雪芹的惊世巨著《红楼梦》就是在十余年的孤苦生活中用血汗写出来的啊！培根说："当孤独寂寞时，阅读可以排遣。"并还说"读书使人头脑充实。"这不是在孤独中拥有了一份殷实的人生吗？

孤独时，可以任思绪天马行空般地驰骋，不受外界的影响。正如朱自清先生在《荷塘月色》中说的那样："一个人在这苍茫的月下，什么都可以想，什么都可以不想，便觉是一个自由的人。"这不是一种难得宁静恬淡的心境吗？当你远离城嚣闹市，独处于绿水青山林静蝉鸣的山野时，就能暂时忘掉人世间那些勾心斗角，忘掉那些充满权欲物欲、肮脏血腥的沼泽，与纯真的大自然融为一体，岂不是一种幸福一种难寻难求的超脱吗？

一个人若真正地拥有一份孤独，那他就拥有了一笔颇丰的生命财富；拥有一份孤独，就拥有一份飘逸闲适自由的美丽人生。

朋友，请不要拒绝孤独、害怕孤独。要学会享受孤独。

孤独真好！让我们每个人都拥有一份真正属于自己的孤独吧！

橘子洲游记

一

最初知道橘子洲这个地名，缘于我读书时学过的一首诗词《沁园春·长沙》。随着岁月的流逝，年岁的渐长，橘子洲这个名字在我的心中总是挥之不去。

1913年至1918年，毛泽东就读于湖南省第一师范学校，当时的他为寻求救国救民真理，经常与同学游过湘江，到橘子洲头搏浪击水，开展活动，议论国事。1925年寒秋时节，毛泽东从广州回到湖南领导农民运动，重游橘子洲，写下《沁园春·长沙》这首脍炙人口的诗篇："独立寒秋，湘江北去，橘子洲头。看万山红遍，层林尽染；漫江碧透，百舸争流。鹰击长空，鱼翔浅底，万类霜天竞自由。怅寥廓，问苍茫大地，谁主沉浮？携来百侣曾游，忆往昔，峥嵘岁月稠。恰同学少年，风华正茂；书生意气，挥斥方遒。指点江山，激扬文字，粪土当年万户侯。曾记否，到中流击水，浪遏飞舟。"

《沁园春·长沙》抒发了毛泽东济世救民、改变旧世界，建立新中国的坚定信心和豪情壮志。因《沁园春·长沙》，使得橘子洲声名远扬。一想到橘子洲，它那美轮美奂的自然风光总令人向往，产生无穷的遐想。要是有一天能到湖南长沙，我一定要去橘子洲，看看它那空灵、辽阔、巍峨、宏伟的壮丽景观。没想到，这一天终于来了。

2014年9月中下旬，我有幸参加了六盘水市首届党外干部湖南大学高级研修班的培训学习。9月14日晚上10点30分，当我们乘坐从昆明开往武昌K110次列车到达长沙站后，在车站等候的湖南大学教授、博士导师罗洪奔先生及两名教学助教田娟红、任佳女士，按照男女性别组织我们分别上了两辆大巴车。

大巴车行驶至湘江中路时，任佳女士指着左边说："看，那就是橘子洲广场，射灯照着的那个就是橘子洲青年毛泽东雕像，大家看到的是毛泽东头像的后部。"天啊，我心里有一种说不出的激动！橘子洲啊橘子洲，我终于要实现梦寐以求的夙愿了。

第二天上午，聆听完湖南大学邬彬博士的《新形势下加强和创新社会管理》的精彩讲座，吃了中午饭，我就邀约学员童彬兄去橘子洲。没想到童彬兄是一个爽快的人，也是一个喜欢运动的人。我们从湖南大学出发，虽然还有较长的距离，我们还是选择了步行，为了看看湘江边的景致。一路走来，穿过湘江中路往左走、过橘子洲大桥再往右，便进入了如诗似画般美丽的橘子洲。

二

橘子洲又名水陆洲，位于长沙市区水面1000余米宽的湘江江心，是湘江下游众多冲积沙洲之一。橘子洲，西望岳麓山，东临长沙城，四面环水，绵延数10里，宽40米至200米不等，面积91.64万平方米，是世界上最大的内陆洲，被誉为"中国第一洲"。

史载橘子洲生成于晋惠帝永兴二年（305），距今已有1600

多年的历史，为激流回旋、沙石堆积而成。橘子洲以盛产美橘而得名。远在唐代，这里就盛产南橘，远销江汉等地。"获花秋，潇湘夜，橘洲佳景如屏画。碧烟中，明月下，小艇垂纶初罢。水为乡，篷作合，鱼羹稻饭常餐。酒盈杯，书盈架，名利不将心挂。"这是唐末李珣的诗句，描绘了1200余年前橘洲的江景。杜甫也曾为此写下了"桃源人家易制度，橘洲田土仍膏腴"的诗句，赞颂当时橘子洲安居乐业的农耕文化。

橘子洲上生长着数千种花草藤蔓植物，其中名贵植物就有143种。有鹤、鹭、鸥、狐、獾等珍稀动物。橘子洲，是湖南省著名的旅游胜地。古潇湘八景之一的"江天暮雪"指的就是橘子洲。宋肖大经的《肖夏诗》誉称橘洲为"小蓬莱"，名胜水陆寺中的"拱极楼中，五六月间无暑气；潇湘江上，二三更里有渔歌"的名联至今仍脍炙人口。

橘子洲宛如一条绿色的长带，飘浮在湘江上。对于它的来历，在当地还有这么一个美丽而动人的传说：在湘江中尚无洲的时候，江边上生活着一群渔民。渔民中，有一位绰号为胡子爹的老人，德高望重，深受众人的敬爱。于是大家商定，要做根腰带扎在老人腰上，让他感到温暖有力。他们挑选了7名最会编织的姑娘，编织了一根结实的白腰带。姑娘们还在腰带上绣了一座美丽的长岛。胡子爹接受了这一特殊的礼物，并把它系在腰中。有一天，胡子爹和渔民们在江中捕鱼突遇暴风雨，一时间，狂风大作，白浪滔天，十分危险，可处在风浪尖中的胡子爹，只觉得腰间产生了一股巨大的力量，只划几下就到了岸边。胡子爹深感奇怪，双手往腰间一摸，才发现是腰带给了他力量。于是，他解下腰带，奋力向正在风浪尖中挣扎的渔民们扔去……腰带向江中飘去，越飘越长，越飘越大，最后飘到渔民们的面前，变成了一块腰带形的陆地。渔民们登上陆地得救了。渔民们知道这陆地是胡子爹的腰带变成的，都十分珍爱这块陆地，于是就在陆地上安家立户，精心耕种，将陆地耕耘成一座美丽的长岛。

1961年，橘子洲被建设为橘洲公园，1962年对外开放，1998年更名为岳麓山风景名胜区橘子洲景区。2001年更名为长沙岳麓山风景名胜区橘子洲景区。

三

我与童彬兄穿过湘江大桥，上了橘子洲，让人有一种清新之感，微微吹来的江风令人舒心。虽然已进入秋天，但洲上都是绿油油的江南植被，连草都像是刚萌发的青色，简直找不到一丝秋天的痕迹，景色真的很美。景与游人交织，形成了人与自然的和谐。

我们从橘子洲的北头进入，橘子洲的游道有三条，一条是沿江大道，可以看湘江渔船和岳麓远山；一条是环洲柏油路，比较宽阔平坦，是观光电瓶车道；一条是曲径通幽的林间步道。我们首选林间步道，一直向南，边走边看边拍照。先后到了百米高喷、《沁园春·长沙》诗词碑、潇湘名人会所、朱张故渡、毛泽东青年艺术雕像、望江亭、指点江山、问天台、柑橘文化园等景观景点。

毛泽东青年艺术雕塑伫立在橘子洲洲头，雕塑采用钢筋混凝土框架结构，外表材料为花岗岩石材，高32米，长83米，宽41米，突出表现毛泽东胸怀大志、风华正茂的形象。毛泽东那迎风飘飞的秀发，炯炯有神的目光，若有所思的神情，把青年时代的毛泽东那股"书生意气，挥斥方遒"的气质描摹得淋漓尽致、刻画得入木三分。雕塑把毛泽东青年形象永恒地留在了橘子洲头，也把毛泽东不朽灵魂永远地镌刻在了橘子洲头。塑像再现毛泽东"指点江山、激扬文字"的勃勃英姿及"问苍茫大地，谁主沉浮"的雄心壮志和豪迈形象。

震撼人心的毛主席的半身胸像，高32米、长83米、宽41、总面积3500平方米，基座为纪念馆。在2009年12月26日毛泽东诞辰116周年揭幕，共建造了四年。这里有一个说法，雕塑高32米，与毛泽东当时在长沙的年龄相吻合；长83米与他活了83年相同；宽41米象征着他执政一共是41年（1935—1976）；雕塑每块石头的规格是1.2×0.6米，与毛泽东出生日期12月26日相同。毛泽东胸像面朝东南，一方面是光线需要，这样上午太阳在东边能看到，下午太阳在西边也能看到；另一方面也有寓意，泽东泽东，选择东方。南方也是革命的策源地。同时，湘江北去，风从北面吹来，头发自然扬起，意味着北方吹来十月革命的风。

《沁园春·长沙》诗词碑位于橘子洲中部，采用天然的黄腊石，以毛泽东1961年10月16日手书水印木刻《沁园春·长沙》复制稿制作而成。我们在欣赏毛泽东书法艺术的同时，还领略他"问苍茫大地，谁主沉浮"的豪迈气概。

望江亭在毛泽东青年艺术雕塑的正前方，亭两侧柱子上有一副对联为："日夜江声下洞庭，西南云气来衡岳"，横批就是"望江亭"。望江亭始建于唐朝，1962年橘子洲建为公园时按照原样作恢复，2008年又进行重建。望江亭精致而古朴，伫立亭前，举目遥望，既可感受湘江之水滔滔南来，波澜壮阔的气势，又可以眺望湘江两岸车水马龙的热闹景象，是个休憩和观景的好地方。

朱张故渡是历史上有名的"朱张会讲"往返城南书院和岳麓书院渡口遗址，诠释着800年前理学文化的盛况。南宋时期，

　　　　　　　　　　　　第二辑　感悟人生

理学大师朱熹专程从福建来潭州（长沙）造访张栻，朱张二人经常往返于湘江两岸讲学，"朱张故渡"由此得名。两位鸿儒"渡人讲学"的教学美德和和思辨精神令我感触颇深。

问天台建在橘子洲头最南端。高约1米，面积约200平方米。当年，毛泽东正是站在这里，发出了"问苍茫大地，谁主沉浮"的感慨，问天台正是根据这句话取名的。问天台这里是橘子洲上游客临水观江的最佳景点。还有指点江山、潇湘名人会所等景观景点的命名都有其各自的缘由……

橘子洲上有很多树木，有高大茂盛的香樟树，写满沧桑的杨柳树，其树龄至少也有上百年历史，见证了洲内洲外的历史变迁；特别是一株株挂满橘子的橘树特别吸引人的眼球，可以想象，待橘子红了，橘子洲头又是另外一番诱人的景象。如茵的小草为橘子洲披上了一层厚厚的绿地毯，生机盎然，使我们不忍心践踏；还有桃树、山茶花树、桂花树应有尽有……

还有几处景点没走到，虽然不舍，但没时间了，还是要离开，因为下午两点半要赶回湖南大学听课。于是，我们就从揽岳亭乘坐电瓶观光车返回橘子洲大桥。为赶时间，我们打了一辆的士。

湘江，橘子洲，感谢你们，让我感悟历史、感悟人生。橘子洲是一幅展示风情的画。它以岳麓山为邻，与湘江水作伴，风光美不胜收，形成了"一面青山一面城"的独特景观。从西向东，山、水、洲、城融为一体，似流动的画，如放大的一个长长的盆景。登上橘子洲，听渔舟唱晚，观岳麓山丹枫，看天心飞阁，赏满树橘红，吟先贤辞赋，诵伟人诗词……湘江，橘子洲，感谢你啊！你让我感悟你厚重的历史和文化，若今生有机会我还要再回来看你。

四

毛泽东一生对橘子洲情有独钟，1925年寒秋，他重游橘子洲，凝望着滔滔北去的湘江，写下了《沁园春·长沙》，勾画出橘子洲头、岳麓山一带的壮丽景色，并以此为基础抒发了气吞山河的革命情怀，在很大程度上提高了橘子洲的知名度。1949年建国后，毛泽东尽管日理万机，但回湖南视察仍7次到橘子洲附近湘江水域游泳。1959年6月24日，他从武汉来湖南视察，一下火车，就乘车直赴猴子石，下水游了一个多小时，从现在的揽岳亭登上橘洲。在洲上，他走访菜农，接见小学师生，并与他们合影，至今仍给人们留下温馨幸福的回忆。1974年，毛泽东最后一次回湖南，时年81岁高龄，10月15日清晨，他执意乘车到橘子洲头。12月上旬的一天，他又提出到湘江游泳，因水温太低，只好作罢。

至今在湖南还相传有关橘子洲的毛泽东和周恩来两位伟人的对联故事。1960年5月，毛泽东、周恩来一行视察长沙。工作之余，他俩同车出发，车行至湘江橘子洲头岸边。毛泽东遥望橘子洲头，百舸争流，万帆竞发，回忆起青年时代，在这里与同学们"指点江山，激扬文字"的情景，他不由得豪兴勃发，口占一上联："橘子洲，洲旁舟，舟行洲不行"。此联即景生情，动静相对，意境悠远，三个断句，两处"顶针"，"洲"和"舟"又是谐音，应对难度极大。

毛泽东对周恩来说："恩来，我一时江郎才尽，请你来个锦上添花如何？"周恩来熟谙地理，了解长沙。周恩来正在思考时，小轿车已驶到一座亭阁前面，这座亭阁，就是毛泽东当年常和同学们谈论天下大事的天心阁。这时，一群鸽子，从阁内展翅飞出。周恩来才思敏捷，灵机一动，随口吟道："天心阁，阁中鸽，鸽飞阁不飞。"竟于百步之内得出佳句。天心阁是长沙一景，与橘子洲相对。下联对得天衣无缝，既工整又流畅，整副对联浑然一体，毛泽东会心地微笑着，不住地点头，两人相对而笑。

　　橘子洲是一座承接历史的桥。它浸染着湖湘文化，形成了浓厚的历史底蕴。南面朱熹、张轼讲学过江的"朱张故渡"，诠释着800年前湖湘子弟求学的盛况；曾国藩操练水上湘军的号声依稀回荡在橘洲上空；毛泽东站在橘子洲头发出"问苍茫大地，谁主沉浮"的天问改写了中国历史的进程。

　　美丽的湘江形成了橘子洲的旖旎风光，历史的风雨赋予了橘子洲的独特内涵。长沙地灵人杰，有这么美丽的山水，才能养育出了那么多的仁人志士。橘子洲既有美丽无比的自然风光，又有悠长、厚重的历史文化景观；既有古代乡村村烟舟泊之雅趣，又有现代都市灯火之繁华。橘子洲是一座生命之洲，更像一艘载着中国人民命运破浪前行的历史之舟。

拜谒孙中山纪念堂

2011年，借在广州过春节的机会，怀着虔诚和崇敬的心情，携妻子带女儿一起拜谒了广州孙中山纪念堂。

2月8日吃过中午饭后，我们一家三口从番禺区广地花园总站乘坐公交车到广州地铁大石站后，再乘坐地铁3号线，途中在公园前站换乘开往纪念堂站的2号线到达了广州中山纪念堂。一进入中山纪念堂的大门，就给人一种温馨、和谐且又庄严肃穆的浓厚氛围。

孙中山，1866年11月12日生于今广东省中山市南朗镇（原香山县翠亨村），谱名德明，幼名帝象，稍长取名文；初字日新，后改逸仙；旅居日本时曾化名为中山樵。辛亥革命后，国内普遍称孙中山；日本多称孙文，欧美称孙逸仙。为推翻清朝统治，1895年10月至1911年4月，孙中山领导革命党人先后发动10次武装起义，为辛亥革命吹响了胜利的号角。1911年10月湖北的革命党人趁清廷调兵镇压四川"保路运动"之机，秘密筹划武昌起义，10月10日起义爆发，全国各地积极响应，使清廷走向崩溃与灭亡，这就是中国历史上的辛亥革命。1919年10月10日，孙中山改组了中华革命党为中国国民党，出任总理。1921年5月，孙中山在广州第二次建立政权，就任中华民国非常大总统。由于积劳成疾，1925年3月12日，孙中山在北京铁狮子胡同行辕与世长辞，享年59岁。孙中山逝世后，广州人民、海

　　　　　　　　　　　第二辑　感悟人生

外华侨为了表达对孙中山先生的敬仰，并纪念这位中国革命的先行者而捐款在总统府旧址上兴建了纪念性建筑物——中山纪念堂。广州中山纪念堂北靠越秀山，南望广州市人大，东临广东省政府，西接广东省科学馆，是广州传统城市中轴线上的重要节点，在历史上一直为军政要地。广州中山纪念堂是全国重点文物保护单位，集旅游、集会和演出为一体的重要场所，是国家4A级旅游景点。

　　我们在售票处买好参观票后，便走进了广州中山纪念堂历史陈列馆。历史陈列馆内的墙体上张贴着与孙中山有关的各类钱币，充分反映了各类钱币的发行与孙中山的关系，体现了孙中山对各类钱币发行的重要作用。

　　随后，我们重点参观了广州中山纪念堂的主体建筑——纪念堂。广州中山纪念堂是全球最大的孙中山纪念堂，它建成于1931年，是广州市最具标志性的建筑物之一，也是中国传统建筑风格与西方建筑结构完美结合的典范。它的设计者是我国现代建筑学家吕彦直先生，吕彦直先生1894年生于天津，早年曾在清华大学攻读建筑，后赴美国康奈尔大学深造，得到美国著名建筑师茂菲的指导，回国后在上海开办彦记建筑事务所。而今，吕彦直的名字已收入在《辞海》中。

　　广州中山纪念堂主体建筑面积约为3700平方米，高52米，加上东西附楼、后台休息室及地下化妆室，建筑占地总面积达1.2万平方米，它采用了钢桁架和钢筋混凝土结构，大堂内跨度达30米的建筑空间内不设一柱，体积达50000立方米，有5000个座位，气势宏伟、富丽堂皇，体现了非凡的建筑风格，也是将中国传统建筑形式用于大体量的会堂建筑的大胆而成功的作品。

　　整个建筑由前后左右四个宫殿式重檐歇山抱厦建筑组成，

就像四层卷叠的龙脊，烘托出中央巨大的八角形攒尖式屋顶。呈椭圆形的中山纪念堂金顶、高达3.79米，直径最大处有4.075米。这么一个巨大的熠熠生辉的金顶表面，全部使用黄金镶贴，共用了从香港购进的质量上乘的金箔36166张，折合重量0.92公斤。除了金顶外，"天下为公"字匾、总理遗嘱、建国大纲、奠基石字体、也都是用金箔镶贴的。重檐歇山顶的中央，高悬着一块蓝底红边的漆金大匾，上面有孙中山手书的"天下为公"4个大字，雄浑有力。堂顶覆盖宝蓝色的琉璃瓦，瓦面分高低四层，层层飞檐出卷。

参观内堂后，我们走出纪念堂的大门。在大门处陈列着一尊精致的高近1米、宽约80公分的孙中山石膏像。石膏像周围摆放一盆盆青松翠柏和鲜花。石膏像背景是深蓝色的，其两侧镶嵌着白色的大家早已熟悉的名言："革命尚未成功，同志仍须努力。"

中山纪念堂大门的前方，是一块宽阔的广场。广场的正中正对纪念堂大门的地方耸立着一尊高10余米的孙中山铜像，显得气派非凡，庄严肃穆。广场周围古树名木，树景奇观，大树参天，花木扶疏。这里的树多为几十年甚至上百年的古榕树、罗汉松、木棉树和白兰树等。尤其是有株木棉树距今有300年的历史，这株 "老"木棉树亲眼目睹了满清王朝的腐朽堕落，亲眼目睹了广州起义的惨酷壮烈，亲眼目睹了孙中山的百折不挠，亲眼目睹了陈炯明的叛乱，亲眼目睹了身旁的总统府被夷为平地后又建起了一座全新的纪念堂，亲身经历了叛军的炮火和日本侵略者往它身下投下的炸弹。风走云飞，星流人逝，老树还依旧静静站立，夜长人静时细细品味着数百年的风霜。此外，还有两棵白兰树，它们是纪念堂奠基、竣工时栽下的，它们与纪念堂一起度过了半个多世纪的坎坷岁月，终年常绿、亭

　　　　　　　　　　　　第二辑　感悟人生

亭如盖的碧绿树冠可荫地数百平方，如同两个高大忠勇的卫士守卫着纪念堂。在每年的初夏和深秋，浓香四溢、洁白无瑕的小花桂满枝头，香飘数里，营造了自然和谐、清香宜人的园林生态环境，象征着革命先行者孙中山先生的丰功伟绩万古流芳。经不住这些美景的诱惑，我与妻及女儿相互拍下一张张照片作为纪念。

拜谒中山纪念堂后，对孙中山先生的一生有了更深的了解，也对孙中山先生推翻清廷政府，建立中华民国政府和探索"三民主义"及联俄联共的政策有了进一步了解。

缅怀革命先辈的遗志，感悟革命先辈的精神。革命先辈为后人打下了一片和平的天地，我们作为生活在和平年代和改革的新时期的人，更要努力工作，把他们的精神发扬光大。

走进杨梅林场

  水城县的杨梅林场地处云贵高原丘陵地带，地形高低起伏，生动异常，位于杨梅、发耳、新街三个乡镇的交界处，属于国有林场。因林场内长有许多野生杨梅林而得名，80%的面积在杨梅乡姬官营村境内。林场平均海拔1800米，面积约4万余亩，距县城50公里，是贵州西部脆弱生态环境条件下森林植被保存较好、森林覆盖率较高的区域之一，也是北盘江流域重要的绿色生态屏障。据生长在杨梅林场周边的农民朋友介绍，林场现存的大多数森林植被是近40年来的人工林和近20年来的次生林。林场内珍贵的罗汉松、云南松、云南油杉、茶叶、野生杨梅、马缨杜鹃、映山红等植物；有野兔、松鼠、野鸡等动物。

  从2018年3月至6月，笔者凭借在杨梅乡姬官营村开展脱贫攻坚轮战驻村工作的机会，在工作之余，只要一有时间，我就走进杨梅林场。尽情地享受林场那清新的空气，叮当作响的溪流，幽静清爽的环境。每次走进林场，内心都感到无比欣慰，要是不驻村开展脱贫攻坚工作，真还没有福气享受这大自然的馈赠。暗自庆幸，自己就住在杨梅林场的腹地。

  每次走进杨梅林场，我都要放慢速度。沿着林间像一条条飘带蜿蜒曲折的小路进入树林深处，树林渐渐增多，远看一大片一大片的。茂密的树林，不分树种，高高低低，错落有致地生长在一起。有高挺苍劲的罗汉松，枝干旁逸斜出；有散发处阵阵松脂清香味，飘逸潇洒的黄松或青松；有造型奇异，树干粗壮，树皮皲裂的马缨杜鹃；有树叶绿得发亮，挂着果实诱人的野生杨梅……还有说不出名字灌木丛林，野花野草，郁郁葱葱，纵横交错，生机盎然。

漫步林间，蔚蓝的天空笼罩着这片迷茫的森林，灿烂如金的阳光穿过层层重重叠叠的绿荫，在树枝上、树叶上洒下斑驳的光影。草地上晶莹剔透的露珠，将青草、鲜花和泥土的芳香淋漓尽致地散发出来。一种淡淡的，令人神清气爽的，森林特有的气味在林间弥漫，那味道是那么自然，恬淡，没有一丝尘埃。徜徉在森林的怀抱之中，尘世喧嚣消失殆尽，自己似乎成了森林的一部分。

林间隔不远就有一片片绿油油的茶园，四季常青的茶树，一畦接着一畦，一排连着一排的，围绕山丘从山脚往山腰、山顶盘旋而上，层层叠叠，青翠欲滴，没过人的膝盖那么高，小小的叶子，枝条向四面伸展，生机勃勃。采摘茶叶的乡村少女，三五成群，山歌悠悠。林木遮天蔽日，林间绿色欲滴，野花竞艳，清香扑鼻；鸟雀啁啾，彩蝶翻飞，时不时窜出野鸡、野兔觅食的身影；低谷处山涧溪流潺潺，泉水叮咚，自由流淌，轻轻诉说大自然的神奇，充满欢乐和生机。

杨梅林场，是大自然馈赠的一片美丽而神奇的沃野，是一座天然氧吧，她宛如一块巨大的翡翠熠熠生辉。走进杨梅林场，吸一口纯氧养一日精神。走进杨梅林场，山风吹过，松涛阵阵，碧波涟漪，令人心旷神怡。走进杨梅林场，享受天然氧吧的静谧与清幽。走进杨梅林场，如入绿色海洋，到处碧波拥翠，清心淡雅，静谧葱茏，让人心醉神往。在林场信步寻幽，清流妙漫，山花烂漫；登临纵目，满目翠绿，苍山如海，烟霞虹霓，气象万千，令人神清气爽，身心愉悦。

走进林场，亲近自然。既要绿水青山，又要金山银山。厌倦了都市的水泥丛林，不如来森林里转转。难怪习近平总书记说："山水林田湖草是一个生命共同体，人的命脉在田，田的命脉在水，水的命脉在山，山的命脉在土，土的命脉在树。"森林是个大生态系统，付托于山，相融于水，野生动物藏于其间，各种植物生长于斯。森林有清新的空气、迷人的风光、丰富的物种、生态的食品和幽静的环境。人们来到林区游览观光、休闲娱乐、健身养生、文艺创作，可愉悦心情、陶冶情操、增长知识、促进健康。

热爱自然、热爱森林，是人类与生俱来的情愫。森林是孕育人类文明的摇篮，森林在人类的遗传密码中留下了不可磨灭的印记。随着城市化进程的推进，人们的日常生活越来越远离大自然。那份与生俱来的情愫，在物质条件优越的城市生活中不断发酵，不断激发走进森林、回归自然的想法。大自然是放松心情的最好去处。尤其是当下，工作节奏快、竞争激烈、人际关系复杂、生活压力大的现状下，宁静、广袤、纯朴的大自然是人们向往的世外桃源。

大自然的山水画卷是最美的风景。清新的空气已成为最重要的森林旅游吸引物。森林区域的空气具有负离子含量高、植物精气含量高、氧气含量高、细菌含量低、噪音低等优点，随着城市大气污染现象的日趋普遍，人们环境意识的不断提高，清新的空气变得弥足珍贵。

走进杨梅林场，引起我的无限遐思。绿是美好的，是生命的象征，绿色就像我们生生不息的生命，沿着生命的足迹走下去，一切都不会戛然而止。我由衷地赞美你啊！杨梅林场，你这个世外桃源！你这个天然氧吧！我不禁在心里想，如果今生能在杨梅林场建一栋茅屋长久地居住下去，那真是这一生够惬意够奢侈的美事了。

　　　　　　　　　　　　第二辑　感悟人生

第三辑

乡土情深

水城民间小调集萃

在20世纪80年代前，水城民间广泛流传《赌钱歌》《放羊歌》《瞧郎歌》《祝英台》等30余种民间小调。那时，在水城一带的乡间，这些小调极为盛行，广受人们的青睐。可以说，上到七八十岁的老人，小到五六岁的孩子，基本上都会唱各种民间小调。直到现在，我都还会唱《祝英台》《瞧郎歌》等。

这些小调究竟在水城当地传承了多少年，没有一个人能够说得清楚。据父母说，那时这些民间小调是当地村民办红白喜事或逢年过节、农闲时节不可或缺的一个重要项目。不论是遇到红白喜事，还是春节、元宵节、端午节等节日及农闲时节，乡民们都会三五个聚集在一起，围着火炉，点着煤油灯，放声歌唱。其中有一些小调，还与二胡、笛子、铙钵、锣鼓等乐器相互辅助；有一些曲目，还需要配合肢体语言，边拉边弹，边唱边跳。气氛热烈，场景感人。

但从20世纪80年代中期起，特别是到了21世纪初，随着经济社会的发展和进步，电视机、收录机等家电及手机、电脑进入平常百姓家，一代代年轻人大多不是外出求学，就是外出打工，留在家中的年轻人少，且大多选择看电视、玩电脑、玩手机。随着以前会唱且又唱得好的老人相继离世，目前在广大乡间只有极少数人会哼一些简单的调子和曲谱，而内容已经记不全了。现今，会唱这些民间小调的老年人寥寥无几，唱得好的中年轻人更是凤毛麟角，更年轻的一代人几乎没有人会唱了。

这些民间小调有的已经失传，有的濒临失传。这几年来，我都在关注和搜集这些濒临失传的水城民间小调。不论是脱贫攻坚驻村轮战，还是到乡村遇到红白喜事的时候，均向当地的老年人了解《赌钱歌》《放羊歌》《瞧郎歌》《祝英台》《出兵歌》等水城民间小调。对这些民间小调，我也多次与父母探讨过。仔细想想，这些小调很有意思，它们阐述了20世纪农村的爱情、生产生活等现象，属于农村的原生态文化，不能让它消失。

在物质生活相对富裕的今天，人们开始怀念20世纪80年代村民们经常聚集一堂欢唱民间小调的岁月。这些民间小调均是有关农民的生产生活、爱情故事的内容，它以现实的手法反映农民的悲喜情仇，并具有一定的社会现实教育意义。通过走访了解并做好记录，搜集整理出来了流传于水城民间当地的《赌钱歌》《放羊歌》《瞧郎歌》《祝英台》《出兵歌》等小调。所搜集到各个小调所要表达的意思基本上是一致的，但因其是在民间流传，没有一个固定模板，同一个小调在词句上有极少数的不同，有的是词语不同，有的是语句的顺序不同，有的是句子的多少不一样，还有是内容多少不一致等。对此，我在搜集过程中，反复比较，选择最接地气、最合情合理合乎逻辑的版本进行整理。整理出来后，我又多次与父母对有关辞句、句读及顺序等，通过上下文之间的联系，尽量去查字典、辞典，在合乎逻辑和情理上，做到字句斟酌，作进一步完善。我搜集整理并完善后的这三十几个水城民间小调，应该说是比较客观实际的，但肯定还存在不足之处。在此，权当抛砖引玉，敬望能读到此文的读者诸君多多给予批评斧正，再进一步完善，便于传承，以飨读者。

放羊歌

正月放羊正月正，放羊之人要起身。放着羊儿前面走，奴家收拾随后跟。

二月放羊二月八，熟地嫩草正发芽。羊儿不吃熟地草，要吃岩上树叶青。

三月放羊是清明，手提白纸上亲坟。有儿坟上飘白纸，无儿坟上草生青。

四月放羊四月八，早曦放羊晚绩麻。早曦放羊麻四两，晚曦收羊麻半斤。

五月放羊是端阳，菖蒲美酒兑雄黄。别人吃得昏昏醉，奴家不得半杯尝。

六月放羊热茫茫，天空炽下火太阳。羊儿晒得大张嘴，奴家晒得面皮黄。

七月放羊秋风凉，裁缝下剪剪衣裳。别人剪得三五件，奴家不得五寸长。

八月放羊早谷黄，家家舂米去上粮。别人有夫夫去上，奴家无夫自上粮。

九月放羊是重阳，重阳造酒满缸香。别人有夫夫造酒，奴家造酒烂炉缸。

十月放羊雪飘山，上盖锦被下铺毡。上盖锦被还嫌冷，只有奴家在雪山。

冬月放羊冬月冬，十圈羊儿九圈空。十圈羊儿空九圈，放羊之人一场空。

腊月放羊了一年，放羊之人要羊钱。把我羊钱算给我，放了今年看来年。

瞧郎歌

初一早曦郎上街，头顶丝帕脚靰鞋，头顶丝帕要钱买，脚靰鞋儿手上来。初二早曦郎上街，上街游走下街来，上街游齐下街转，打个冷噤病在怀。

初三早曦去瞧郎，我郎得病在牙床，双手扒开红笼帐，问郎想点什么尝。千行百样郎不想，想把白米熬汤尝，熬得清来尝半碗，熬得干来郎不尝。

初四早曦去瞧郎，我郎得病在牙床，双手扒开红笼帐，问郎想点什么尝。千行百样郎不想，想个稚鸡熬汤尝，罐罐提来人看见，手巾包来又无汤。

初五早曦去瞧郎，我郎得病在牙床，双手扒开红笼帐，问郎想点什么尝。千行百样郎不想，只想雁鹅熬汤尝，手提长枪去打雁，雁在云中一双双。心想开枪打一只，打了一只不成双，打了一只不成对，雁鹅拆伴我拆郎。

初六早曦去瞧郎，我郎得病在牙床，双手扒开红笼帐，摸郎退凉不退凉。郎退凉来病会好，郎不退凉毛病长。

初七早曦去瞧郎，打卦抽签进庙房，打得阴卦我郎好，打得阳卦我郎亡。双手扒开红笼帐，我郎死得硬冰梆，提起枕头甩两甩，悖时枕头不招郎。

初八早曦去买板，上街买齐下街转，上街买得红漆板，下街买得黑漆材。红漆板来黑漆材，收拾我郎装进来。

初九早曦去看地，前尖后圆要配齐，朱雀玄武要边站，青龙白虎两边骑。葬在龙头得官做，葬在龙尾出秀才。

初十早曦做道场，阴阳先生大不忙，香火头上挂案子，黑漆棺材顿中堂。绕棺伴灵又救苦，孝歌散花有几场。

十一早曦去打井，一官好地葬我郎，宽宽打来窄窄用，我郎里面好翻身。前面向山活龙口，后面来龙狮子形。

十二早曦抬上山，唢呐铙钹响连天，雄鸡站在龙杆上，八人抬起送上山。两边扒起黄花女，中间抬起少年郎。

十三早曦去垒坟，亡人衣禄摆中央，郎在阴间要钱用，妹在阳间把纸烧。井中多烧一些纸，郎在阴间好投生。

十四早曦去祭坟，哭得两眼象朱砂，路上有人盘问起，只怪奴家命上差。恩爱夫妻不长久，前世烧了断头香。

十五早曦去复山，七盘豆腐八盘肝，只见蚂蚁来衔饭，不见我郎起来尝。阎王过早拿郎去，留妹单在世上存。

出兵歌

正月出兵百花开，上朝文书下朝来。打开文书跟嫂看，叫嫂做双出兵鞋。多钉纽扣牢钉带，恐怕营中挒脱鞋。

二月出兵百花香，教场坝头点刀枪。大刀点得明晃晃，小刀点得亮如霜。才把刀枪接在手，全家老小泪汪汪。

三月出兵辞我公，我公胡子白如霜。别人有孙来送老，我公有孙一场空。

四月出兵辞我婆，我婆在家织绫罗。绫罗织得三丈三，拿跟小孙缝汗衫。别人缝来有长短，我婆缝来正合穿。

五月出兵辞我爹，我去出兵爹卖田。小田卖得三十五，大田卖得五十三。五十三来去买马，三十五来去买鞍。才把鞍马买到手，全家老幼泪双流。

六月出兵辞我妹，妹妹问我哪天回。哥是飘洋大海水，水流长江也难回。

七月出兵辞我嫂，我去出兵嫂防老。柴在山上无人砍，水在井中无人挑。哪天等得小叔转，砍柴挑水我承担。

八月出兵辞我哥，我去出兵哥快乐。去到营中嫌我小，另传文书要我哥。哪有哥哥替兄弟，只有兄弟替哥哥。

九月出兵辞我弟，弟在家中听父言。爹妈在家要靠你，莫让他们苦操心。有朝一日哥回转，弟弟担子轻九成。

十月出兵辞我妻，我去出兵妻无依。早早关门早早睡，免得旁人说是非。

冬月出兵辞我儿，快快长大顶门庭。光宗耀祖全靠你，承前启后望你行。烧钱挂纸只有你，当家立业你担承。哪天为父回程转，全家老幼再团圆。

腊月行兵下柳州，柳州蛮子黑悠悠。朝前又怕擂石打，赵后又怕七排枪。七排枪弹催命鬼，大旗绕绕引翻魂。大喊三声杀蛮子，小喊三声提蛮头。人头落地如瓜滚，马血淌来似盆倾。

娘裙带

太阳出来照半坡，照到小姐织绫罗。绫罗织得三丈三，婆家看见请媒说。说一说二娘不放，说三说四才说成。

一更阳雀叫唉唉，看到婆家接亲来。媒公骑匹花花马，媒婆骑匹海沙骡。花花马来海沙骡，热热闹闹来娘家。

二更阳雀叫嘻嘻，妹在绣房巧穿衣。上身穿起红棉袄，下身穿起绿丝裙。红棉袄来绿丝裙，八宝花鞋脚下蹬。

三更阳雀叫瞅瞅，妹在绣房巧梳头。左边梳起盘龙髻，右边梳起插花头。盘龙髻来插花头，梳个燕尾在后头。

四更阳雀叫喳喳，妹在绣房巧戴花。左边戴起灵芝草，右边戴起牡丹花。灵芝草来牡丹花，飞蛾夹针两边夹。

五更阳雀叫天明，哥哥背妹出房门。哭哥三声亲哥子，哭嫂三声外仙人。双脚站在斗梁上，一把筷子朝后丢。筷子落地有人捡，冤家出门无人留。谁人留得冤家转，太阳西出水倒流。

爹爹出来喊三声，四个轿夫听原因。我儿不吃七天饭，爬坡下坎要小心。妈妈出来喊三声，四个轿夫听原因。女儿不吃七天饭，恐怕女儿晕轿门。哥哥出来喊三声，四个轿夫听原因。爬坡下坎慢慢走，等哥牵马随后跟。嫂嫂出来喊三声，四个轿夫听原因。爬坡下坎使劲抖，抖死这个烂母狗。

左也搅来右也搅，悖时母狗去得好。吞口门前回车马，屋檐脚下回喜神。左脚蹬过金轿子，右脚蹬过房圈门。伸手拉开红头帕，样子像个鬼灯哥。被子拉来横横盖，裤子拉来包脑壳。

爹爹看到幺妹来，红漆板凳抬出来。妈妈看到幺妹来，八宝花鞋抱出来。哥哥看到幺妹来，去到街上扯布来。嫂嫂看到幺妹来，馊汤馊饭抬出来。

爹爹死了哪里埋，龙背梁上去安埋。妈妈死了哪里埋，龙椅高上去安埋。哥哥死了哪里埋，松柏之下去安埋。嫂嫂死了哪里埋，扯根毛藤拉下岩。

拿兵歌

昼夜乱纷纷，爹娘把儿生，二十四五是苦命，要当李荣兵。
睡到半夜醒，门外响一声，叫声妻子快关门，恐怕抓壮丁。
妻子开门望，门外两条枪，手提绳子二丈长，搭在双肩上。
送出大门口，妻子拉着手，叫声妻子快放手，我去难脱手。
送到大路上，孩儿哭嚷嚷，叫声孩儿快长大，长大把家当。
送到对门坡，遇着我哥哥，这回当兵只是我，家务你看着。
送到垭口上，遇着老保长，桌子高上喝杯酒，谈些宽心话。

送到大桥头，遇着老保头，咒他先人咒他娘，送我去抵抢。
送我到贵阳，看见飞机场，一直送我到昆明，转家万不能。

十二月相思

正月里来是新年，喜笑欢。万象更新乐享丰年，低头想郎
面。相思对谁言？咬银牙，切齿恨，数十余翻。可恨冤家心儿
有些偏，受煎熬。辜负美少年，看看容颜改，为才郎奴家瘦罗
裙带儿宽。无心赏月玩，元宵懒去餐，纵有那白花灯，哪有心
去观。

二月里来是春分，萌芽生。雪化冰消水流清清，无义小郎
君。亏你忍得心，奴的郎，读诗书，好不聪明。好酒贪花不
想转回程，变了心。不比那几春，忘却海誓盟，奴的郎，一心
心，看上别家人。绣房冷清清，久病无人问，鸳鸯枕，鸾交
凤，缺少知心人。

三月里来桃花放，好时光。遍地萌芽锦绣妆，无心绣鸳
鸯。相思泪两行，见蜜蜂和蝴蝶对对儿成双。桃红李白柳丝
长，骂才郎，怕的得下病，在外短命亡。妈的郎，你不要流落
在他方。只顾他情况，哪管奴凄凉，怕的是，到后来，病在牙
床上。

四月里来麦发齐，熏风起。无义冤家在哪里？代来信是
虚。别奴守孤灯，奴好比，吃酒醉，一时之迷。人说冤家性太
疲，咒王魁。正是无义盗，一去永不回。油滑嘴，爱扯谎，累
次把奴欺。越思越上气，越想越着急，有几回，要打你，见面
舍不得。

五月里来是端阳，闹长江。紫燕双双绕华堂，他们俩成
双。奴独受凄凉，菖蒲酒，谁与奴，共饮雄黄？等郎归来错过

好时光，双手捶胸膛。倒海与翻江，大闹他一场，等他回，罚他跪，跪到天明亮。定不轻饶放，不准上牙床，石榴花，无心观，珠泪两行。

六月里来荷花开，热难挨。佳人独坐好不伤怀，叫奴难解开。挂吾女裙钗，相思病，害得奴，骨瘦如柴。一去天涯不见转来，挂裙钗。温柔把病害，青春不再来，怎不学，卓司马，两下和谐。朝日泪满腮，泪湿红绣鞋，你忘奴，恩爱情，该也不该？

七月里来七月七，鹊桥会。忽听门外雨凄凄，忙加奴的衣。寒冷对谁提，这几日，精神少，步也难移。牛郎织女有佳期，年年七月七，他们都有会，奴独受孤凄，就是那，枯树木，也有逢春。归来就是气，扯破领上衣，那时节，人劝奴，奴还不依。

八月里来月光华，月色佳。佳人独坐泪如麻，无义小冤家。别奴走天涯，挂银灯，对着奴，结甚灯花。门外儿童笑哈哈，闹喧哗。曾记郎在家，双双望月华，到今夜，你叫奴，哪里去寻他。月彩照纱窗，孤灯照卧榻，细思量，奴好比，断弦琵琶。

九月里来是重阳，正逢秋。思量夫去不回头，恩情一笔勾。为郎才害，相思病，要害到，何时才罢休。郎君一去不回头，把奴丢。却被他人勾，常在外面游。会着你，奴定要，先把嘴儿揪。见面骂不休，罚跪在前头，忘奴恩，负奴义，恩义两层仇。

十月里来岭梅开，好悲哉。昼夜思郎最悲哀，流雨滴檐阶，传信郎不来，那知奴，断肠情，怨奴自悲哀。自别郎君后，不坐梳妆台，泪满腮。红颜命太乖，鲜花已谢苔，相思病，害得奴，头也难抬。一夜恩情债，奴痴忽转呆，细思量，珠泪滚，无计安排。

冬月里来万花空，吹寒风。百鸟无声地无虫，开门迎头风。尽在雪中行，寒江上，还有那，孤舟渔翁。落尽翠竹与花松，满上空，自别那春梦，凄凉恨无穷，寒风儿，吹檐前，铁马叮咚。白发改面容、两鬓任蓬松，怕的是，郎归来，绣帏人空。

腊月里来归期到，好心焦。忽听门外有人敲，丫环前来拟："姑爷回来了。"闻她言，不由奴，喜上眉梢。情郎进门四下瞧，把奴摇。轻轻把奴抱，低声叫姣姣，奴只得，忍不住，抿嘴回笑。从此对奴表，方才把你饶，说明白，相思病，一笔勾销。

五更盼郎

鼓打一更里，月儿照纱窗，情郎哥哥约定今晚上要回家，叫梅香到厨下去问句话，炒几样合口菜，巴心我郎归家。姑娘，炒的什么菜呀？一盘是板鸭，二盘是脆虾，三盘是花生米，四盘卤鸡杂，两双牙骨筷对面儿摆下，手提着酒瓶儿，等着我郎回家，姑娘，还没有来呀！这时不归来，心里乱如麻，莫不是在外面，勾上了女娼家，拿一双绣花鞋占一占卦，占一个游魂卦，我郎在哪家？姑娘，不来，你就先睡吧！

鼓打二更里，月儿渐渐高，情郎哥哥约定在二更到。小妹子在房中，心中似火烧，这时候还不归，为的是哪桩？姑娘，姑爷为的啥？骂一声负心郎，铁心把奴家忘，当初来诓我，嘴巴儿像蜜糖。这阵子他过了河，就甩杆手棍，哪一个敢相交，这样的无情郎！姑娘，他实在不来，你就睡吧！骂一声贼强盗，哭一声负心郎，你把奴家等待得，火冒高三丈。你若然再不归，我明日到街上，找到你回家转，重罚不轻饶。

鼓打三更里，月儿照当空，大街小巷已无人行走。小妹子在房中，睡眼已蒙眬。这时候郎不归，再等也是空。姑娘你就快睡吧。灯儿已发昏，绣房冷清清。奴的冤家夫，你活活害死人。你不归就应该，给奴带个信。免得奴在绣房，独影对孤灯。姑娘，你不要哭嘛！当初把诗吟，海誓与山盟。谁知道今晚上，把奴丢在冷火坑。人说小王魁，心比豺狼狠，看来把他和你来相比，你还狠十分！

鼓打四更里，月儿已偏西，小妹子有话要给谁个提？奴好比鲜花儿，插进牛粪里，落下了花瓣儿，无靠又无依。姑娘，怕哭伤了身子。记得那时节，结发共枕妻。情郎无三心，奴家无二意，夫唱妇跟随，三更灯火五更鸡。你是奴，奴是你，寸步不相离。姑娘不要多想了，快睡呀！算奴得罪你，也该大量些。牙齿和舌头好，有时还咬舌头。双手扪胸腔，将心比自己，拳头脚尖上奴身，总是奴受气。

鼓打五更里，笼内金鸡啼，忽听门外敲打叫声低。叫梅香快出去，开门看分明，要是他别答应，这个游尸魂。姑娘，真是姑爷回来了！叫声小梅香，开门你不要慌，待奴揩过脸，再把粉擦上，哭脸拿做笑脸戴，好接奴的郎。骂声小冤家，快把门槛跨。姑娘，一夜夫妻百日恩嘛！眼看天已明，交更天更冷。叫梅香连忙去，厨下把酒温。见冤家床前跪，浑身颤惊惊。奴只得息恼怒，把郎扶起身。

五更劝夫

一更劝夫要谨记，勤帮苦奔种田园。种好庄稼吃饱饭，半年辛苦半年闲。还有六月无用处，怀抱孩儿脚蹬妻。

二更劝夫要谨记，赌钱场中少要行。赌钱场中尽光棍，光棍只敬有钱人。一回二回不定准，三回四回定输赢。衣帽鞋袜输完了，周身穿着破襟襟。心想提索去吊颈，心中还想二回赢。

三更劝夫要谨记，吹烟场中不要行。别人有钱吹田地，我夫无钱吹本身。上身下身吹光了，你拿奴家嫁别人。奴嫁别人不要紧，丢儿丢女靠谁人。

四更劝夫要谨记，花街柳巷不要行。别人妻子多美貌，奴家不好命生成。莫贪美貌多娇女，奴家才是本分人。干哥不嫌干妹丑，收拾打扮同哥行。有钱更是要勤记，和睦相处过光阴。

五更劝夫要谨记，偷盗抢劫切莫行。有朝一日人拿到，麻绳链子响沉沉。三麻绳来二杠子，推推扯扯进衙门。那时妻子去送饭，隔得老远泪沾巾。脑壳像个疙蔸根，一双脚杆像柴棍。衣裳穿成油蜡片，裤子破得吊巾巾。拿你游街去示众，妻儿害羞难为人。

叹十声

手把栏杆哭一声，鸳鸯枕上对对有情人，好一朵鲜花会巴鞋，情歌哪会铺上歇，哥少你的只有话一晚。

手把栏杆叹二声，鸳鸯枕上双双有情人，好一朵鲜花会弹琴，情歌哪会思想起，妹少你的只有话一晚。

手把栏杆哭三声，昨天夜晚是谁来打门，小妹子开门迎见你，不是我郎家中访，下回打门丢下绣花边。

手把栏杆叹四声，今天夜晚是我来打门，一进门来认错花，一更厢间有人等，忍气吞声退转回自家门。

手把栏杆叹五声，今天夜晚是我来打门，一进房来认错花，二去上房再攀摘，两手打开你的门，手搭洋火点燃灯，双手扒开红罗帐，锦缎的铺盖搭上身，干妹子你今晚要小心。

手把栏杆叹六声，干哥说话气死人，一不是阴间想嫁你，二不是爹妈配成的，奴随夫君，哥哥呀何必要等待。

手把栏杆叹七声，干哥说话更气人，一定要阴间想嫁你，一定要爹妈来配成，一夜夫妻百夜人，百夜夫妻海洋深，奴随夫君何必去采青。

手把栏杆叹八声，背起包袱要转身，心里要命碰落碗，干哥哥，奴随夫君难舍又难分。

手把栏杆叹九声，干哥哥要去万不能，心里要命碰落碗，干哥哥奴随夫君难舍又难分。

手把栏杆叹十声，洋号吹起要点名，今夜晚点名郎不保，明夜晚点名，哥哥恐怕挨扫地。

打副戒指送情人

山前山后水是银，打副戒指送情人。
大哥南京请银匠，二哥北京请匠人。
两边匠人齐来到，这副戒指打得成。
一打龙来龙现爪，二打虎来虎现身。
三打桃园三结义，四打童子拜观音。
五打五子登科场，六打六合来同春。
七打天上七姊妹，八打神仙吕洞宾。
九打九龙归大海，十打皇帝坐北京。
十一打把花花伞，十二打张花手巾。
样样礼物都打起，白纸包好送情人。
大姐接来二姐看，多谢南京巧匠人。

孟姜女

正月里来是新春，家家户户点红灯，别人家人和团圆会，孟姜女哭倒万里长城。

二月里来闹洋洋，双双领儿到南方，我俩多会双成双，孟姜女苦命空守房。

三月里来是清明，家家儿女去上坟，别人家坟上飘白纸，我的郎无人草上坟。

四月里来去采茶，姑嫂二人去采茶，茶篮挂在茶树上，哭一声情郎哥采一把茶。

五月里来是端阳，龙船下水漂满江，千不想万不想，一心想郎早回乡。

六月里来热难当，苍蝇飞来痛断奴的肠，宁可吃奴千滴血，莫吃奴夫范杞良。

七月里来秋风凉，裁缝下剪裁衣裳，裁满大箱装小箱，只见衣裳不见郎。

八月里来是中秋，明月出来照九州，明月团圆十四五，奴比明月还不如。

九月里来是重阳，重阳造酒满缸香，别人造酒有夫吃，孟姜女造酒无夫尝。

十月里来小阳春，孟姜女寻夫送寒衣，路上雀鸟刮刮叫，喜鹊梁庭惨凄凄。

冬月里来雪飞山，孟姜女寻夫在外仚，只说寻夫回家转，哪防流落在外边。

腊月里来过一年，家家户户得团圆，一样生来百样死，孟姜女夫妻不周全。

十想郎

一想我爹娘，爹娘没主张，奴家长了这样大，还不办嫁妆。

二想我公婆，公婆也有错，男大女大两相和，怎不请媒说。

三想做媒人，做媒两头提，奴家哪些得罪你，怎不把奴提。

四想我哥哥，哥哥上学堂，燕子衔泥各顾各，哪个管得我。

五想我嫂嫂，嫂嫂生得好，怀抱娇儿对我笑，越想越心焦。

六想我妹妹，妹妹小两岁，男成双来女成对，越想越掉泪。

七想我朋友，朋友不长久，那似江水往东流，才把朋友丢。

八想我的床，床上绣鸳鸯，只见鸳鸯不见郎，越想越悲伤。

九想我绣房，一座冷庙堂，早曦敲钟晚烧香，好似女和尚。

十想我的命，由命不由人，一根绳子梁上吊，早死早投生。

十二月许郎歌

正月闹元宵，同郎初相交，帮君只为两相好，许郎许郎花荷包。

二月惊蛰节，留郎家中歇，人不知来鬼不闻，许郎许郎花蝴蝶。

三月桃花开，留郎后门来，桃枝天天把花采，许郎许郎一双鞋。

四月插秧青，留郎送恩情，耳不听来心不想，许郎许郎花手巾。

五月是端阳，美酒兑雄黄，孟子梦见梁惠王，许郎许郎上牙床。

第三辑　乡土情深

　　六月是三伏，小郎来得苦，子不学来断机杼，许郎许郎丝绸裤。

　　七月到月半，留郎吃早饭，有酒食来郎先尝，许郎许郎花汗衫。

　　八月是中秋，小郎下苏州，父母在来不远游，许郎许郎花枕头。

　　九月是重阳，小郎转回乡，夫子温良恭俭让，许郎许郎结成双。

　　十月小阳春，小郎转回程，季康子来问使民，许郎许郎花围裙。

　　冬月冬至节，小郎来得黑，君子不与干周事，许郎许郎没有得。

　　腊月是大寒，曹操下江南，曹操领兵江南下，许郎人马八十三。

十二月探妹

　　正那月探小妹，闹元宵，我看小妹子长得这样标，走你家门前过，把你的脖子调，你知道不知道。小妹子闻听得急忙开言道，尊一声情郎哥，细听奴根苗，小妹本知道是爹妈的管紧了，不敢往外跑。

　　二月里探小妹，龙抬头，我也看见小妹坐在大门口，走你门前过，板凳往内拖，为何不睬我。小妹子听此言，急忙开言道，尊一声情郎哥，细听奴根苗。板凳往内拖，你的朋友多，好讲不好说。

　　三月里探小妹，是清明，我也约过小妹子，一路去踩青。踩青是假意，试试你的心真心不真心。小妹子听此言，急忙开言道，尊一声情郎哥，细听奴根苗，昨晚做梦，男生抱女生，难舍又难分。

四月里探小妹，四月八，我也约过小妹子，上街去买茶，手举两包茶，看看二爹妈在家不在家。小妹子听此言，急忙开言道，尊一声情郎哥，细听奴根苗，昨晚说的话，爹娘不在家，同你去玩耍。

五月里探小妹，是端阳，我也约过小妹子，上街去买花，这朵牡丹花拿在头上插，好花胜好花，好花总发芽。小妹子听此言，急忙开言道，尊一声情郎哥，细听奴根苗，花儿本是好，差个金手表，小妹问你要。

六月里探小妹，荷花开，我也看见小妹子，得病真奇怪，茶饭全不想，哪点不自在，对哥说出来。小妹子听此言，急忙开言道，尊一声情郎哥，细听奴根苗，多吃茶饭饱，肚儿渐渐高，怎样开得交。

七月里探小妹，鹊桥会，我也约过小妹子，牛郎会织女，怎样像他俩，相亲又相爱。小妹子听此言，急忙开言道，尊一声情郎哥，细听奴根苗，只要有真心，心里不要急，有情得相爱。

八月里探小妹，桂花开，我也约过小妹子，去打麻将牌，左手摸红中，右手摸发财，白板打下来。小妹子听此言，急忙开言道，尊一声情郎哥，细听奴根苗，昨晚打麻将，今晚打纸牌，问你来不来。

九月里探小妹，菊花黄，我也看见小妹子，抱书进学堂，一眼瞧见我，我做你的郎，你说好不好。小妹子听此言，急忙开言道，尊一声情郎哥，细听奴根苗，我郎本是好，小妹志气高。

十月里探小妹，小阳春，我也看见小妹子，赛过虞美人。

不打胭脂粉，不搽雪花饼，脸上白如云。小妹子听此言，急忙开言道，尊一声情郎哥，细听奴根苗，不打胭脂粉，不搽雪花饼，赛过虞美人。

冬月里探小妹，雪花飘，我也看见小妹子，穿件花皮袄，皮袄倒是好，对奴说根苗。小妹子听此言，急忙开言道，尊一声情郎哥，细听奴根苗，钢洋要十块，皮袄也还牢，穿起多美貌。

腊月里探小妹，雪花开，我也约过小妹子，一路开小差，买张火车票，三天到上海，爹妈不会来。小妹子听此言，急忙开言道，尊一声情郎哥，细听奴根苗，扯张飞机票，一时就飞到。

十月怀胎歌

怀胎正月正，只怪奴家不知情，水上浮萍不定根。
怀胎二月多，奴家有话不好说，新来媳妇怕公婆。
怀胎三月三，奴家茶饭不想尝，只想红笼帐内眠。
怀胎四月八，带个口信回娘家，多喂稚鸡少喂鸭。
怀胎五月五，奴家怀儿好辛苦，酸梅吃了无其数。
怀胎六月六，奴家下河洗衣服，鞋尖脚小难行路。
怀胎七月半，奴家掐指细细算，算来还有二月半。
怀胎八月八，城隍庙内把香插，保佑生个男娃娃。
怀胎九月九，儿在腹中翻跟斗，孩儿高兴踢娘肚。
怀胎十月十，娘奔死来儿奔生，命隔阎王一张纸。

祝英台

正月唱起祝英台，蜜蜂采花顺山来。蜜蜂只为花下死，山伯只为祝英台。

二月唱起祝英台，一对燕子衔泥来。燕子衔泥梁上搁，一双去了一双来。

三月唱起祝英台，一对阳雀催工来。一来催哥早下种，二来催妹上花苔。

四月唱起祝英台，田中秧苗无人栽。英台下田栽三手，洗手上岸米包台。一棵高上结三颗，自从那年米贵来。三两黄金买斗米，四两毛钱买斗糠。黄豆串成珠珠买，一百铜钱五十双。

五月唱起祝英台，一对龙船顺水来。大船渡过梁山伯，小船渡过祝英台。

六月唱起祝英台，苦竹凉伞遍地开。苦竹凉伞穿绒线，遮盖山伯祝英台。

七月唱起祝英台，年年有个月半节。年年有个七月半，家家烧纸哭唉唉；只有小的哭老的，哪有老人哭少年。

八月唱起祝英台，八方八里雁归来。雁在云中拆了伴，山伯拆了祝英台。

九月唱起祝英台，九月重阳上楼台。左边坐起梁山伯，右边坐起祝英台。

十月唱起祝英台，同在杭州读书来。同张桌子共个碗，同床锦被盖回来。

冬月唱起祝英台，山伯死了当路埋。男人过路烧张纸，女人过路烧双鞋。男人烧纸要钱买，女人烧鞋手上来。

腊月唱起祝英台，遇到马家接亲来。有灵有验墓门开，无灵无验马家抬。全凭马家人手快，抢得一只绣花鞋。

虞美人

虞美人得病牙床上，轻言细语叫着一声郎，快进奴绣房。
我在呀房中看文章，耳听得我妻在叫郎，叫郎做什么？
双手呀拉郎床边坐，奴有一知心话对你说，牢记心的上。
虞美人有话只管讲，说出话来夫妻商量，何必泪两行。
往日得病容易好，今日得病病生成，怕的是夫妻要分离。
往日求佛佛灵验，今日求佛佛不应，怕的是见阎君。
奴有银子三百两，拿与我夫去讨门亲，接起香烟后代根。
讨妻不要讨二婚妻，二婚女子两样心，待不得二双亲。
讨妻不要讨生人妻，生人妻子是惹祸根，怕的是把命倾。
讨妻不要讨姣姣女，姣姣女子搅家精，活活扯死人。
讨妻要讨乡下女，乡下女子老实些，待得奴的人。
讨妻要讨情投女，情投女子无二心，接起香烟后代根。
虞美人说话不中听，拿什么银钱讨什么妻，接什么后代根。
倘若是我妻死过后，情愿削发去修行，各表各的情。

八仙调

天边一朵彩云飘，门外八仙全来到，八仙都来到。
钟离老祖把扇摇，洞宾背剑青锋绕，步步儿登高。
采和花篮肩上挑，倒骑毛驴张果老，一气冲九霄。
仙姑手执长生草，湘子云中吹玉箫，一尺二寸箫。
国舅来了道法高，拐李葫芦宝中宝，一起儿早朝。
世间子来都来了，伸出手杆八百高，长生永不老。

十指尖尖对口词

男：十指尖尖手把奴的肩，有句话儿不好对你言。

女：何曾有句话儿不好对我言？

男：十七十八无妻子，白天容易夜晚难。

女：不会讨一个？

男：心中要想讨一个，腰间无有半文钱。

女：不会邀脚会？

男：心中要想邀脚会，三朋四友不赞成。

女：不会去借？

男：借钱还要三分利，借钱容易还钱难。

女：你不是想到我？

男：想妹想得肝肠断，望妹望得眼睛穿。

女：十指尖尖做双鞋。

男：做双鞋儿干什么？

女：做双鞋儿送我郎。

男：不会做双来送我，我开你钱？

女：心想做双来送你，只讲仁义不讲钱，十指尖尖梳个油头？

男：梳起油头干什么？

女：梳起油头去看我的郎。

男：看你郎做什么？

女：我郎得了相思病，灵丹妙药吃不灵。

男：你郎不是要死？

女：我郎要死奴要死。

男：丢儿丢女的。

女：愿丢我的儿女不丢我的郎。

男：你心肠有这么硬？

女：不怪我的心肠硬，是怪阎君不是人。阎君注定三更死，不敢留郎到五更。

男：不会另嫁一个人？

女：好马不配双鞍子，烈女不嫁二夫君。马配双鞍难行路，女嫁二夫落骂名。

十月儿子飘

正月儿子飘正月正，小妹约我去赌钱呀。十个赌钱九个输，那个赌钱有好处。

二月儿子飘龙台头，太公钓鱼钓直钩。太公钓鱼直钩钓，爱者鱼儿来上钩。

三月儿子飘三月三，小妹约我去赶场。别人听到还可以，丈夫听到要杀人。你要杀人你来杀，奴家开亲万不能。

四月儿子飘四月八，四朵莲花园内发。三朵不开不要紧，留起一朵等郎来。

五月儿子飘是端阳，龙船下水闹长江。两边站起撑船手，中间站的是姑娘。

六月儿子飘三伏天，打开扇子扇一扇。头扇二扇凉风起，三扇四扇扇上街。

七月儿子飘七月七，小妹约我下苏州。苏州风景盖天下，又到杭州走一巡。走了杭州走上海，北京天津也要玩。

八月儿子飘八月八，二人洗手敬菩萨。保佑奴家无灾难，保佑奴家生个男娃娃。

九月儿子飘是重阳，情妹约我下扬州。去到扬州好玩耍，万贯家财散手丢。

十月儿子飘小阳春，小妹约我去探亲。别人有钱妻美貌，哥们无钱闷沉沉。

五更想郎

一更里跳粉墙，手扒拦杆脚踏墙。手扒栏杆脚踏树，十指尖尖绣鸳鸯。绣鸳鸯来绣鸳鸯，绣个金鸡配凤凰。金鸡要把凤凰配，十八情妹会小郎。

二更里手拍门，情妹开门笑盈盈。情妹开门盈盈笑，奴的情哥叫几声。叫几声来叫几声，夫妻双双听原因。郎是三月大十五，妹是十月小阳春。

三更里进妹房，鸭绿帐子象牙床。双手扒开红笼帐，蜜蜂绕绕桂花香。桂花香来桂花香，恩爱夫妻不久长。恩爱夫妻不长久，前世烧了断头香。

四更里夫妻拆，笼内金鸡把翅拍。不怕金鸡叫得早，奴家夫妻不能拆。不能拆来不能拆，奴家夫妻舍不得。奴家等你哪天转，奴家等你到哪月？

五更里天要明，奴家夫君要回程。你要回家早早转，免得旁人说是非。你莫慌来你莫忙，你莫穿错奴衣裳。你的衣裳有排扣，我的衣裳小袖长。我不慌来我不忙，我不穿错你衣裳。你的衣裳有排扣，我的衣裳有麝香。

烟花告状

初一十五庙门开，牛头马面两边排。判官手拿生死簿，小鬼拿着追魂牌。

追魂牌上七个字，捉拿烟花女裙钗。一进庙门双双跪，尊声阎君听开怀。

一周二岁娘怀抱，三周四岁离娘怀。五周六岁学走路，七八九岁进院来。

十一二岁学弹唱，十三四岁学接客。找得钱来妈娘爱，不得钱来皮鞭挨。

一天给奴三顿打，三天给奴九顿拍。三天不吃阳间饭，四天上了望乡台。

望乡台上望一望，无有人来哭裙钗。在生朋友多和少，死后无人拾去埋。

上前一步磕头拜，尊声阎君大老爷。变牛变马奴也变，变猪变羊也应该。

长毛畜生奴也变，要求不变女裙钗。

十劝小调

一劝我的郎，好好读文章。读得诗书比人强，世世心里亮。

二劝奴冤家，好好种庄稼。生意买卖眼前花，得点不养家。

三劝奴心肝，闲花少要探。酒吃人情肉吃味，莫当儿戏玩。

四劝奴的哥，赌钱少要学。且看多少赌钱汉，哪个得利落。

五劝奴的人，莫做私状元。笔尖一动要杀人，坏了你良心。

六劝奴的夫，好事要多做。积些阴功与儿孙，幸福自然有。

七劝奴的郎，做事要谨慎。瓜田李下麻全在，真防有冤灾。

八劝奴的人，用钱要细心。穷在街前无人问，富居深山有远亲。

九劝奴的人，做事要公平。常言路遥知马力，日久见人心。

十劝奴夫君，好好听分明，谨记奴言莫乱整，幸福万年春。

十二月拐妹调

正月拐妹正月正，约定十五要起身。杀个雄鸡吃血酒，鸭子缠腰一路行。

二月拐妹出房门，不得盘餐妹担承。郎打草鞋妹舂碓。免得路上求乞人。

三月拐妹下花山，一条花蛇把路拦。见蛇不打怪哥傻，见花不采怪哥憨。

四月拐妹下湖州，湖州韭菜嫩悠悠。郎在千云巴巴殿，妹在走马转角楼。

五月拐妹过长街，长街屡屡出积牌。男人会打三样棒，女的会打十能开。

六月拐妹过广西，买匹大马跟哥骑。马不合心不要马，人不合心不调匀。

七月拐妹过大河，双手捧水跟哥喝。双膝跪地手捧水，谁个不想小情哥。

八月拐妹过大江，双手捧水跟哥尝。双脚跪地手捧水，谁个不想小情郎。

九月拐妹过大地，风吹木叶皮皮落。问哥路途有多远，翻了垭口九重坡。

十月拐妹过大山，风吹木叶皮皮翻。问哥路途有多远，翻了垭口九重山。

冬月拐妹到家乡，姊妹舅哥来看娘，姊妹团团同相聚，恩爱夫妻一双双。

腊月拐妹到本乡，姊妹舅哥来望郎。姊妹团聚同欢笑，鸳鸯相配得久长。

十二月说亲调

正月里来是新春，哥们年小未说亲。春节上街看电影，初会小妹笑盈盈。

二月里来开杏花，特意玩耍访妹家。小妹家中真贤惠，一装烟来二倒茶。

三月里来是清明，开口与妹谈知音。我想与妹交朋友，问妹同心不同心。

四月里来四月八，相约小妹到我家。摆上一瓶香槟酒，哥妹坐下把话谈。

五月里来端阳节，我与小妹把拳划。哥喊一定成双对，妹喊七子得团圆。

六月里来热衰衰，情投意合时往来。哥有情来妹有义，难舍难离难分开。

七月里来秋风凉，我与小妹同商量。我说请个媒人讲，她说打掉洋匡匡。

八月里来去订婚，瞒着爹娘进法庭。今日落下凭和证，同甘共苦永不分。

九月里来重阳节，两人约起上毕节。路途之上多恩爱，时时刻刻紧相连。

十月里来冬风寒，哥妹车身转贵阳。二人逍遥外面耍，家中急坏二爹娘。

冬月里来冬风寒，哥买衣服妹买鞋。皮箱皮鞋双丝表，收拾打扮赛英台。

腊月里来转回家，三亲六戚个个夸。自由婚法真个好，美满幸福胜仙家。

十二月绣花歌

正月绣花绣起头，绣朵荷花给哥留。荷花有情妹有意。一心跟哥去漂流。

二月绣花绣点青，绣到南京与北京。南京走过北京转，兄妹都是一条心。

三月绣花遍地开，小郎有心把花攀。小郎有心约妹走，不得银钱不去玩。

四月绣花须要长，沧浪带水打湿郎。打湿兰衫不要紧，打湿白衫洗不光。

五月绣花五月青，大水淹到哥家门。小郎有家回不去，哥妹恩情比海深。

六月绣花三伏天，哥妹玩耍到那天。拿哥手巾擦汗水，一心跟哥到百年。

七月绣花是灯心，哥妹难舍又难分。灯盏无油灯不亮，妹们无哥难说情。

八月绣花谷子黄，忙割谷子晒太阳。谷子搭在哥身上，郎心挂在妹心旁。

九月绣花结仙桃，有情之人搭仙桥。成双兄妹桥上坐，好比织女配牛郎。

十月绣花天要回，四面八方有人围。妹变鲤鱼飘大海，哥变阳雀半天飞。

冬月绣花情更密，毛毛细雨满天飞。小郎有衣多穿件，免得凉风把哥吹。

腊月绣花白又白，雪花片片盖柳叶。人人称赞柳叶好，妹是柳叶哥是雪。

十二月盘花歌

正月盘花是新年，荷包花粉买三钱。采起胭脂买起粉，收拾打扮过新年。

二月盘花是新春，油菜花开绿茵茵。菜籽花开成双对，聪明情哥打单身。

三月盘花是清明，阳雀飞来树上蹬。好鼓不用重槌打，明人不用话来提。

四月盘花栽早秧，情哥打田妹栽秧。劝哥裤脚高卷起，免得泥水污衣裳。

五月盘花是端阳，雄黄美酒就得尝。劝哥多吃雄黄酒，免得蚊子叮胸膛。

六月盘花三伏天，汗水不干到妹前。借妹手巾擦干汗，借妹花园玩几天。

七月盘花秋风凉，秋风秋雨洒花糖。好个花糖不得水，好个情妹不得郎。

八月盘花是中秋，哥的礼物妹不收。哥的礼物妹不要，只要二人情意投。

九月盘花是重阳，重阳造酒满缸香。晓得妹们会吃酒，背着爹娘偷来尝。

十月盘花小阳春，江边杨柳处处生。妹家门前栽杨柳，杨柳树下会情人。

冬月盘花情更密，细细毛雨满天飞。小郎有衣多穿件，免得半路受风吹。

腊月盘花白又白，雪花白白盖柳叶，人人称赞柳吐好，妹是柳叶哥是雪。

粉壁墙上插青花

正月十五请媒说，二月十五才说成，才说成。
三月十五去过礼，四月十五接过门，接过门。
五月十五同罗帐，六月十五抱儿孙，抱儿孙。
七月十五送上学，八月十五中头名，中头名。
九月十五得官做，十月十五管万民，管万民。
各位老人不要笑，早些栽花晚成林，晚成林
花灯唱到这里止，再不回头往内行，往内行。

井中栽花

井中栽花井中青，井中栽花滴滴青，滴滴青。
井中栽棵黄秧树，上遮日头下遮阴，下遮阴。
十七十八得官做，金打同蹬银包鞍，银包鞍。
跳上马背三鞭子，云中只见马蹄翻，马蹄翻。
上坡好似弓送箭，下坡好似风送云，风送云。
转转弯弯来得快，不觉来到姐家门，姐家门。

大姐出来骑着马，二姐出来接马鞍，接马鞍。
三姐抬条板凳坐，四姐出来把烟装，把烟装。
五姐抬盆洗脚水，六姐提鞋排两边，排两边。
七姐手提灯坝铺，八姐问郎歇那边，歇那边。
九姐提壶来斟酒，十姐干鱼火上煎，火上煎。
这盘干鱼哪个好，十朵莲花哪个鲜，哪个鲜。
这盘于鱼个个好，十朵莲花朵朵鲜，朵朵鲜。

五更美女歌

一更美女哭一声，爹娘养女枉费心。姑娘菜子命，落在穷人坑。千年不回头，万年不转身。叫声爹娘少要管，灯盏无油枉费心。

二更美女闷愁愁，手提明镜懒梳头。嫁个丈夫又蠢笨，越思越想越忧愁。悖时死军犯，横得像头牛。开口伤父母，当家遇对头。六亲姊妹少牵挂，做人媳妇受管头。

三更美女泪连连，做人媳妇讨人嫌。长短家家有，户户出闲言。丈夫又笨蠢，不得一文钱。不问过山礼，要问买路钱。六亲姊妹少牵挂，妹落婆家难团圆。

四更美女睡不着，蚂蟥缠倒鹭鸶脚。要想死不得死，要想活不得活。跳河还差三寸水，吊颈还差一根索。要想同他死，恐怕会不着。心想不同死，情合意不合。大马拴在梧桐树，奈何马倒鞍不脱。

五更美女泪湿衣，好比世间一群鸡。公鸡叫，野猫追，娘在东来儿在西。脚踏三寸地，身穿婆家衣。娘不择儿三更梦，三十河东四十西。

五更郎相思

　　一更明月出东山，小郎无妻单打单。思想起，心好寒，腰中无钱自装憨。哪个情姐行郎方便，行个方便世上玩。

　　二更明月出半坡，情姐风流惹风波。思想起，眼泪落，心中有话对谁说。哪天说妻像娘样，黄泉路上心才落。

　　三更明月出田心，小郎命运不如人。思想起，忧人心，好花不戴悖时人。哪天说得像娘样，一重恩极九重恩。

　　四更明月弯又弯，推哥出门把门关。思想起，眼泪来，心中有话难分开。哪个情郎可怜我，心情永远记心怀。

　　五更明月要落西，叫声情姐恩爱妻。思想起，眼泪滴，心中有话难分离。虽然不是哥妻子，来世也要做夫妻。

金盆天生桥

　　据中外岩溶地貌学家考证认定，水城县金盆乡干河天生桥，属石灰岩河道洞穴坍塌后残留天然桥。干河天生桥地处金盆乡其林村，与毕节市赫章、纳雍两县毗邻。桥高135米，跨度60米，顶拱厚15米，桥面长30米，宽35米，亦有"神州第一桥"的称誉。

　　干河天生桥，为境内多处天生桥之最，桥身高耸入云，宛若长虹，横跨危绝天堑。在桥上，观群山如海浪起伏。附近区域内多洞穴、伏流及喀斯特峡谷，谷底怪石嶙峋，树木葱绿，溪水潺潺。美丽的天仙桥传说给该桥平添了几分神秘色彩，是水城县及全省典型的具有代表性的喀斯特地貌奇观。桥两岸全是悬崖绝壁，东部为俫布大沟，西部为干河大沟，桥的四周分布着暗河和溶洞，与灰岩陡壁、深箐密林、构成了天生桥奇特的、高品位的喀斯特奇观，其下游还有数量众多、大小不一的天生桥组群。

　　干河天生桥有很多名字，因其高，夜晚看上去好像人横在半空中和天上的星宿相连，所以曾叫"天星桥"。因桥的周围和桥的绝壁上长有有许多百年古松，桥面巨石压顶，黑压压遮去了大半个天空，于是，又叫"天阴桥"。后来，人们说它是天然生成的，就叫它天生桥。其实，当地民间流传最为深远和广泛的叫"天仙桥"，是天上仙家修建的桥。

"天仙桥"这个名字来源于当地一个美丽动人的民间传说故事：相传干河这个地方，盘古开天辟地时，嫌这里的石头太硬。于是，盘古一气之下，就抢起手中的开山大斧一阵乱砍，把干河的大石山砍得个横七竖八、深沟陡峭。尤其是东面的保布大沟和西面的干河大沟，更是又深又陡。保布大沟这边喊话干河大沟那边应，干河大沟那边唱歌保布大沟这边听，但两条大沟的人们要相会，就得先下到陡峭的大沟沟底，再从沟底沿着陡峭的绝壁爬到对面的沟顶，从天亮走到晚上，从月亮升起走到太阳西沉，都还不能相会。这真是"难于上青天"啊！

　　年长日久，生活在大沟两边而又要相会的人们，在不断地艰辛攀缘的同时怨声连连。终于有一天人们的抱怨，惊动了天上的两神仙兄妹。两神仙兄妹看到当地人们艰辛的生活，便商量为人们做点好事，在东面和西面各建一座石桥。

　　神仙兄妹来到凡间，妹妹先提出兄妹一起动手修桥，可哥哥小看妹妹法力远远不如自己，建议兄妹还是各自修建一座石桥。妹妹一赌气便应承了下来。两人当时立下规矩，哥哥修东面保布大沟的石桥，妹妹修西面干河大沟的石桥，天黑动手，天亮完工，鸡叫为限，到时互相检验，看谁修的石桥又美观又牢固。

　　哥哥来到保布大沟，用手劈砍大石，不到一顿饭工夫就备齐了修桥所需的石料。他十分得意，到山顶上去看妹妹如何备料，过了好久，才见妹妹吆着一匹仙马驮来几块石头。他暗地里一算，妹妹起码半夜过后才能备好石料，时间多的是，哥哥笑了笑，就跑到东海找东海龙王喝酒玩去了。到了半夜，哥哥醉醺醺地来到保布大沟边，觉得头重脚轻，心想离天亮还早，干脆好好睡上一觉，在天亮之前也能把桥修好，于是便倒头呼呼大睡。

　　妹妹却一点也不敢松懈，一刻不停地运石料修桥，还没等到天亮，一座既高大又宽阔，且特别牢固的石桥就横跨在了干河大沟上。妹妹修好桥后，放开仙马，坐下来休息，仙马站在桥上，把头申到河中喝水，这一喝不打紧，且把水差不多喝完了，仅剩下一股细细的溪流。如今，桥面上还留有仙马几个大大的马蹄印。"干河"和"天仙桥"由此而得名。

　　天亮了，哥哥醒过来一看，西面的干河大沟上已经架起了一座平平稳稳的大石桥，妹妹正牵着仙马朝俅布大沟这边走来，哥哥一看自己误了大事，羞愧不堪，便纵身飞回了天上，留下一大堆石料。这堆石料，现在还乱七八糟地堆在俅布大沟旁的半山腰上。

　　干河天生桥以雄、奇、险、峻而著名，巍然耸立。桥下峡谷内分布较多溶洞和暗河，灰岩陡壁、参天古树、潺潺流水，景观独特。天生桥地处苗寨彝村，民俗古朴，村民勤劳善良，芦笙、蜡染等民间文化独具特色。它不仅是一个休闲观光的游览胜地，也是一处攀缘探险、洞穴技术训练的理想场所。难怪，在1996年4月，中国科学探险协会洞穴科学部、中国科学院地质研究所和六盘水市人民政府，联合在干河天生桥举办了"首届国际洞穴单绳技术比赛"活动，美丽的天生桥在展现中国、罗马尼亚、印度尼西亚、俄罗斯、西班牙等8个国家体育健儿的风采同时，也向世人展现了它的神奇壮观。

南开跳花场

三口塘苗族"跳花场"位于贵州省西部六盘水市水城县南开乡，地处云贵高原腹地，坐落在乌蒙山南麓的崇山峻岭之中。关于"跳花场"这个名称的来历还有这么一段历史传说：

相传在炎黄、蚩尤时期，小花苗支系的十二姓祖先为避战乱，带领族人南迁离开家园，有三姓走散了，不知所踪。其余的九姓居住在湖北、湖南洞庭湖一带，在明朝正德元年（公元1506年），被明军围剿被迫迁住湘（湖南）、桂（广西）、黔（贵州）三省边界有"苗岭之颠"之称的雷公山居住。到了清朝崇祯十七年（公元1644年），居住在雷公山的小花苗又被清朝派兵围剿，小花苗奋起反抗，相持了二十余年。后来由于清军要撤军攻打太平天国，被围苗族人民才趁机从雷公山突围出来，历经千辛万苦，迁徙至黔西北，过着刀耕火种的生活。现居住在水城县滥坝、南开、青林、金盆等地和赫章、纳雍的小花苗是雷公山之苗族后裔。

突围的这天正好是农历的二月十五日，从雷公山突围出来的熊子臣、杨子珍、龙子西这三位苗族老人，为纪念雷公山苗族人民突围的艰辛和胜利，他们在山上栽了一棵树，这棵树成长、开花、结果，象征苗族的发展。三位苗族老人议定，以后每年农历二月十五日凡苗族聚居地都要选一山坡，接花树庆贺一番，象征苗寨兴旺、万事如意，让后人在这一天聚会欢庆，

　　　　　　　　　　第三辑　乡土情深

并在开展聚会欢庆活动时，要栽一棵象征苗族人民发展的花树，寓意苗族能像花树开花结果繁衍后代。由于聚会欢庆有歌有舞、有花有树，地点又在山坡上，后人就把这一天活动称为"跳花坡"。

据了解，水城最古老的苗族"跳花坡"是建在今钟山区（原水城特区）月照乡凉水沟。清同治二年（公元1863年），清军大举镇压苗族人民，逼迫这个"跳花坡"附近法那戛居住的5个村寨的300余户苗族人民迁往广西隆林县，于是居住在世乐坝子（现在的马坝）的苗族就把花树接到大海坝建"跳花坡"。约过了五六年，纳雍县阳长苗族又把花树从大海坝接到发那寨建"跳花坡"。到了民国二十五年（1936），纳雍县二区新发白社的苗族同胞杨庆安把花树从发那寨接到新房建"跳花坡"。民国二十九年（1940），水城董地苗族同胞王炳安又把花树从新房接到董地的茅稗田建"跳花坡"。王炳安逝世后，南开区土角乡新寨的苗族同胞祝顺发最终把花树从茅稗田接到南开三口塘建"跳花坡"。

清朝光绪二年（公元1876年）水城厅通判陈昌言纂修的《水城厅采访册》上就有"跳花坡"的记载。跳花，苗语叫"咕拨"。它是苗家古老的习俗。为什么现在人们把"跳花坡"叫作"跳花场"呢？其来由是在民国十七八年间（1928年至1929年），军阀割据，政治腐败，地方上的土豪地霸为了敛聚钱财，就在所属地盘上建立乡场私征税款，有的为了热闹乡场，便请苗族芦笙手跳舞助兴，吸引各方客商前来经营商品，活跃市场，增加税款收入，当时这样的场合就称之为"跳花场"。

1952年中共水城县委和县人民政府，了解了苗家跳花的习俗，为了落实党的民族政策，定下南开三口塘这一片土地不参与土改，分配划为小花苗跳花的专用场地，同时通知商业部门到花场设摊摆点，供应苗家所需。从此，这里每年的农历二月十五日就形成了黔西北苗家一年一度的最大的"跳花场"。

　　每年农历二月十五日这天，赫章、纳雍和水城小花苗支系九姓后裔，都要汇集南开三口塘相聚。聚会时，他们常朝南迁来时的方向眺望，心中挂念走散的三姓兄弟、姐妹，希望能早日相逢。"跳花场"主要是聚会欢庆纪念雷公山突围的艰辛和胜利，花场上小花苗的芦笙舞体现苗族人民在雷公山搏斗突围的情景。如"斗鸡舞"就是象征肉搏战斗。三年跳满的最后一年，要派人骑着马在花坡上奔驰，人们提着木棍、标杆、鞭炮齐鸣地在马后追赶，那就是表示雷公山突围的险况。

　　随着时间的流逝，现跳花场每年会汇聚的人群约有四五万人，苗族大都以家族为单位汇聚在北山上，在南面小山上拥挤地布满了各族来参与活动的人群，他们相互对歌，形成一个气势磅礴的大歌场。中央跳花场的大圈中，各民族共同参与，把苗家大红大绿的头饰和鲜艳无比的披肩、花裙衬托得更加绚丽灿烂。商业活动也有很大的发展，在两个小山的山脚，商业、供销和个体商贩的地摊已成行成市。苗家所需的花线、口琴、小百货以至布料、成衣应有尽有。卖粑粑、卖吃食、卖酒、熬羊肉汤锅的摊前热闹非凡。

　　"三口塘苗族跳花节"已成了各民族人民团结友爱、文化交流、喜庆、商品交换的聚会节日，吸引了大批省内外文化艺术界、电影制片厂、电视台等专家、艺术家和文化艺术工作者，甚至国外友人前来采访、拍片、录像，成为了中外有名的民俗民风艺术博览会，是艺术家取之不尽的生活源泉。

　　　　　　　　　　　　　　　　　第三辑　乡土情深

青林神仙坡

　　农历"五月初五"，是水城青林乡苗族同胞欢聚的日子。这一天，在青林乡海发村与纳雍县新房乡交接的一个山梁处，当地人称之为"神仙坡"或"拖着客梁子"，数以千计的苗族兄弟姐妹都要到这里来团聚。关于"神仙坡"或"拖着客梁子"的由来，在青林还有一个美丽动人的民间传说故事。

　　相传在很久以前，这个山梁子下聚居着一个小花苗族的寨子。这个寨子住着一家姓陈的姐妹俩，父母早已双亡，两姐妹相互照顾，相依为命。两姐妹一天天、一年年地过着清苦贫寒的日子。姐姐因丢不下孤独年幼的小妹，所以就一直没有出嫁。

　　说起这陈家大姑娘，那漂亮样儿，大家都赞不绝口。她长得容貌出众，十指尖尖如刚出土嫩笋，明眸皓齿，一双眼睛似两汪秋水。她人不但长得俊俏，而且还很聪明能干。特别是她那刺绣本领更是让人叫绝，她刺绣的花草鸟鱼远近闻名。大家都夸她绣花花会开、绣草草会摇，绣鸟鸟会飞，绣水水会流。方圆百里的苗家姐妹经常向她学刺绣艺术。人一多，花线就用得多。为买花线，她常常要翻过三个坡，涉过三条河，走几十里山路和河流，往来很是艰辛。

　　据说在20世纪五六十年代的一天，一个名叫陶老六的四川杂货郎，挑着杂货担经贵州安顺，过六枝，到水城，最后来到青林的小花苗族寨子叫卖花线，他的花线品种又多又好，色彩又鲜又艳，价钱还便宜；他为人既忠厚老实，又热情周到，因此，颇受苗家姑娘的欢迎和青睐，苗族姑娘们都买了足够用一年的花线。

这下可好了，有四川的货郎担来串寨送货上门，陈家大姐十分高兴。可令她烦恼的是，她们白天要上山地干活，不知道货郎担哪一天到寨子来。于是她想了一个办法，与货郎约定，每年农历的五月初五这一天，在青林乡海发村与纳雍县新房乡交接的一个山梁处相遇，之后当地人就把这个山梁叫为"拖着客梁子"。

第二年农历的五月初五，四川杂货郎陶老六果然挑着担子如约而至"拖着客梁子"，陈家大姐事前早就邀约了众多姐妹在"拖着客梁子"等候。看见货郎担陶老六满头大汗，陈家大姐和姐妹们就帮他放下担子，招呼他喝水、吃午餐，然后才慢慢挑选各自喜欢的花线。一直到太阳落坡，货郎回不去了。因陈家大姐是大家绣花的领头人，所以由她招呼货郎到家歇了一夜。第二天，货郎才走了。

以后年年如此，每到五月初五这一天，陶老六按时来到，每次都到陈家歇一夜，第二天才走。就这样，每年来买花线的人越来越多，"拖着客梁子"渐渐成了苗族姑娘汇聚的地方。同时，到"拖着客梁子"买杂货的人也逐年增多，使得"拖着客梁子"像赶场一样，越来越热闹。时间过了一年又一年，陶货郎老了，陈家大姐也老了。

又到了农历的五月初五，陈家大姐十分高兴，穿着自己绣制的新衣服，与往年一样带着大家一早就来到了"拖着客梁子"，等待陶货郎的到来。可她们左等右等，直等到人散场静，等到太阳落坡，连陶货郎的影子都没见着，一个个感到灰心失望。姑娘们唱起了《绣花歌》：

　　　　　　　　　　　　　第三辑　乡土情深

苗家姑娘长得巧，从小生来会绣花。

绣花花会开，绣草草会摆。

绣鸟鸟会飞，引出凤凰来。

绣花绣朵要针线。

眼望货郎几时来？

《绣花歌》唱了一遍又一遍，还是不见陶货郎。再一看陈家大姐，她坐在一棵大树下，脸朝着货郎来路的方向，默默地死去了。大家失声痛哭。之后，大家在寨老的安排下，把陈家大姐安埋在"拖着客梁子"上，大家都都说陈家大姐没有死，是成了仙了。于是，大家把"拖着客梁子"改叫"成仙坡"，时间久了，人们就喊为"神仙坡"。

人们十分怀念和惋惜这位一生为寨上作了不少好事的陈家大姐，以后每逢这一天，都要到这里来纪念她。随着时代的进步和发展，尤其是近几年来党和政府民族政策的落实，民族地区经济发展活力逐步增强，人们生产条件和生活水平得到改善和提升，"神仙坡"的活动已今非昔比，它不光只是一个杂货交易的场所，它已成一个青林及周边地区各民族团结盛会的重要场所。

农历五月初五是中华各族人民共有的传统佳节端午节，这一天，"神仙坡"周边的各民族同胞都穿着自己最心仪的服装，从各地来到"神仙坡"。苗族同胞集中在"神仙坡"的中心地带，汉、彝等其他民族同胞则分散在"神仙坡"周围的各个小山头上。前来参加盛会的有至威宁、纳雍，甚至云南和河南的客人，有时多达数万人。真是人山人海、热闹非凡。

大家在这里自由买卖、交换商品、交流经济，小货摊比比皆是，小食点处处都有；草坪上斗牛赛马，欢声如雷，此起彼伏，呐喊助威；绿树丛中，草坡脚下，谈情说爱的青年男女，窃窃私语，又别有一番情趣。欢快悦耳的芦笙舞吹、悠扬婉转的民歌声在"神仙坡"上空萦绕，真好像到了"神仙境界"，令人心旷神怡，陶醉不已，流连忘返。

保华双桥

从先秦开始，川盐入黔，到明清时期，毕节、纳雍、水城就成了川盐入黔的必经之地。大定府员外郎梅百万为满足川盐入黔的需要，改善盐运条件，便在贵州境内的河流上修了大量石拱桥。民间有一句俗话："梅家千座石拱桥，不如谷家一个歪秤砣。"这充分说明了梅百万修建的石拱桥之多。仅在水城县保华镇的境内，梅百万就修建了扒瓦河上的下扒瓦石拱桥和阿勒河上的两座石拱桥。

双桥这一地名就来源于清朝年间，因盐运需要，原大定府员外郎梅百万在水城县保华镇境内的阿勒河上，独家捐资先后修建一大一小两座石拱桥。大桥长约30米、宽约8米、高约30米，小桥长约15米、宽约6米、高约7米，两座桥相距300米。

据说修建好小桥之后的一年，就开始在距离小桥270米处修建大桥的桥蹬。待大桥的桥蹬建好后，梅百万向河两岸的人们提出了一个条件，要求沿河两岸的人们必须筹集出一石二斗辣椒面帮助修建大桥。当时，人们极为贫困，就没有答应梅百万所提的条件。于是，梅百万为了报复沿河两岸的人们，就有意将大桥向河流流动的方向前移了30米，堵住了具有"双狮把水口"的这片风水宝地。

原来，距离小桥300处的沿河两岸的岸边，各有一头天然生成且相互对望着的大石狮子。当地的人们认为，这对大石狮子是上天所赐，是保佑沿河两岸人民安居乐业、幸福安康的象征，是沿河两岸的风水宝物。一直以来，当地的人们对这对大石狮子敬若神灵、顶礼膜拜。

据说大桥建好后，还在桥面的底部写了两个大字的血书，写的什么字看得不是很清楚，其中有一个像"人"字。约30米长的大桥修好后，两岸的石狮子被破坏了，加之大桥就像一条铁链死死锁住了大石狮子，使大石狮子没有了灵性，破坏了沿河两岸的风水宝地。

果不其然，就在大桥建好的当天，据传大桥两岸的包包山、官箐山整整哭了七天七夜，哭得地动山摇，哭得沿河两岸人们诚惶诚恐，好像是有什么大灾大难将要来临似的。当时，沿河两岸的人们为求得心灵的慰藉，便纷纷到官箐山的山脚下烧香焚纸，叩头作揖，祈求神灵的保佑。

也许是精诚所至，金石为开吧。就在大桥建好的第八天，在官箐山的一处岩壁上出现似观音菩萨的石像。从此，人们就经常到官箐山脚下对着观音菩萨许愿祈福。之后，还有一当地人就在观音菩萨对面的包包山脚下建了一座寺庙，专供人们祭拜。

传说双桥的山都是向外生长的，因此从双桥走出去的能人，出去后就不想回来，更不会为双桥的建设出力献策。但不管人们怎么说，随着双桥水库截流关闸，大桥也将被淹没。一座历经风雨沧桑洗礼的古老石拱桥，将完成它的历史使命成为历史的记忆。

保华下扒瓦大桥

1991年7月，一场百年难遇的特大洪水，无情地冲毁了下扒瓦石拱桥，引起人们对下扒瓦桥的关注。人们在叹息它的同时，也追忆起它的可贵和价值。说到下扒瓦桥、扒瓦河是绕不过去的。有关扒瓦河和扒瓦桥的内容，没有多少历史记载可考。但它们的存在便是历史，是扒瓦桥见证了水西安氏厚重而沧桑的历史。

历史有时候就像一条河流，或清或浊，从远古缓缓地流淌过来，越流越远越长越厚重。河流有时候又与历史非常相似，断断续续地经过高山、平原、沙漠，抑或跌入哪一个溶洞，便成了阴暗而潮湿的暗河，或者选择了沙漠，或者选择了消失。扒瓦河也便是这样的一条河流。

扒瓦河是乌江上游三岔河的一段，发源于毕节地区威宁彝族回族苗族自治县境内的香炉山、盐仓一带。《大定府志》载："乌江古各延江，源出威宁西南十五里之西海，海水上承州南之草海子。"扒瓦河与阿勒河交汇后流入三岔河。"扒瓦"一词是古彝语。这一地名的起源，要追溯到很久以前。

1732年，水城建制之前即有扒瓦。据有关史籍载：水西安氏之始祖为蜀汉（公元221—263年）时人济济火，因其辅佐诸葛亮南征有功而准予世袭。济济火家族世居今云南省东川市一带。以后，其领地不断扩大，大致到隋唐时期，水西已属其领地了。"扒瓦"一词在公元640年始见于史籍，其历史可以追溯到1000多年前的唐朝时期。

"扒瓦者，乃彝族姓氏之一也。"据考，扒瓦是济济火一个彝族氏族的部落，沿袭水西土司制度，为明清时期贵州水西地区彝族四十八土目之一，扒瓦家是明清时期改土归流前被封建中央王朝赐姓为安，史称水西安氏的默部慕济济火的后裔，称德施氏，彝语为阿者家。又据《西南彝志》载："默部慕济济火后裔第五世舍乌姆之长子第六世蒙使迁往扒瓦。"

扒瓦一带作为蒙使扒瓦这一级少数民族政权。"扒瓦"又有上"扒瓦"和下"扒瓦"之分，因为历史原因，下"扒瓦"的名声大一些，如今已是一个近200户人家的大寨子。据《贵州通志实地调查》记载："扒瓦古石桥始建于清朝乾隆年间，为石砌拱形，横跨南北，如长虹卧波，距今200余年。据传为原大定府员外郎梅百万独家捐资修建，有碑为记。可惜毁于清朝末年的一次洪灾。"明、清朝代，因战略和盐运需要，依靠川黔西部驿道。《贵州通志实地调查》的这一记载应该是可信的。

清朝道光二十一年（公元1841年）重建下扒瓦桥，仍为单拱石桥，是水城厅通往大定府（大方）之要道、盐道。重建碑记也被1991年7月3日百年不遇的洪水冲毁。"岁辛丑（道光二十一年，即公元1841年）夏涨奔腾扒瓦河，桥将记"（《重修扒瓦石桥记》）。这一简述记载，说明了在150多年前之夏，扒瓦河的确发生过一次大洪水。寨子中间还隐约可见一段由北向南顺坡而上的古驿道（官道），石梯已经岁月冲刷，光滑如玉。桥虽然没有当即被冲垮，但有随时垮塌的危险，当年即得到重修，足见其重要性。

扒瓦单拱石桥是水城县境内规模最大、跨度最长，相对来说也是年代最早的石拱桥。它是唯一被公布为六盘水市市级文物保护单位的桥梁。扒瓦桥为单孔大跨度石拱，桥长54.63米，宽7.5米，桥孔跨度16.63米，一般水位时，桥面距水面高度为12米。桥两侧有石桥栏。桥北面西侧立有四棱桥记碑一块。南桥埯26级，北桥埯24级。在水城县境内众多清代的大小石拱桥中，扒瓦石拱桥以其规模宏大，建筑工艺水平高，重要的战略要道和重要的通商孔道而驰名省内。

现在的扒瓦大桥，是水城县于1991年11月在湍急的扒瓦河上建的一座雄伟的现代公路大桥。桥长47米，宽9.5米，高16.6米，大孔跨度35米，大孔之上左右各有三个小孔对称。至今，在扒瓦大桥一带还流传着水西宣慰使安坤与云南友军首领相约，从阿扎屯上率兵赶赴织金会盟，意在与吴三桂决一死战的故事。安坤承袭祖制，受封朝庭，施行土司制，固守扒瓦河、阿勒河畔，抗击清军，书写了水西彝族抗清不可磨灭的历史。古老的扒瓦石桥，见证了它辉煌的历史，也见证了水西安氏厚重而沧桑的历史，它留给人们的不仅仅是记忆。

金盆下马田

在水城县金盆乡营盘村灯塔组钱氏家族居住的一个山包下，有一片上百亩的良田好土，田地中还有一条向东流去的小河。这个地方，当地人称之为"下马田"。那么"下马田"这个地名是怎么得来的呢？

清朝光绪年间，随着社会的变迁，毕节赫章松林坡部分钱氏家族迁居到水城金盆双水井的一个小山包居住。其居住地方的地形与门前潺潺向东流去的小河，形成了鱼水合欢的美丽图景。因地方风景优美，地形被当地的阴阳先生称作"鲤鱼奔潭，跃进龙门"，在当地属于上好的"风水"宝地，此小山包又有"鲤鱼山"之称。钱氏家族到此后，在当地可谓是人丁兴旺，出人头地，其势力逐渐壮大，声名大振方圆百里，八方尽知。

在封建社会，有钱有势的人家就是爱显摆阔气。这个钱氏家族在接亲嫁女或祝寿的时候，都要大操大办。若是钱氏家族在东边接亲，那就要在离他家一公里之外的双猫洞佘家门口，用特好的羊毛毯子铺路，一直铺到他家的堂屋，让新郎和新娘脚不沾土，拜堂入房。若是嫁姑娘，也要用羊毛毯铺路一里之外，新娘方能上轿，才能被新郎家抬走。

久而久之，钱氏族人忘乎所以，得意忘形，并自家立下了一个规矩：凡骑马过往者，必须要在他家接亲、嫁女铺过羊毛毯子的一里道路以外的地方，下马步行。否则，那就是对钱氏族人的不尊，就要受到钱氏族人严厉的惩罚。人们害怕被钱氏族人惩罚，只得违心照办。有人骑马从钱氏族人寨中通过的，就被这钱氏族人连人带马掀翻在岩脚，当地人称为"马倒岩"，至今还有马倒岩的遗迹。

以致发展到后来，连秀才骑马到了钱家寨，也只得下马步行。就这样，自然而然地形成了过往行人对钱氏族人的所谓"尊重"，过往行人骑马快到钱家寨，就得下马步行。因此，当地人把这个地方称为"下马田"。

有一天，居住在赵家对面的余家公子，对这一规矩不服气，就骑着一匹高头大马故意从他家门口闯过。钱氏族人得知此事后，使唤其家丁将余公子一顿乱棒打死。从此，钱余两家人命官司打了三年之久，一直打到威宁府，因官府受钱家权势所压，余家告而不发。因此，钱余两家水火不容，结下深仇大恨。为此，"下马田"更是名扬远播，传到方圆几百里。

钱氏族人还有个规定，不许过往行人在他家周围嘘风打哨，如有不守规定不听警告者，钱氏族人就抬个坛子，令其将坛子嘘满。曾有一次，一不知名姓的人，嘘着山歌从他家门前走过，被他家的家丁抓来扣押了三天之后，让其嘘坛子，那人跪地求饶，不得其饶，钱氏族人令家丁折磨此人，最后筋疲力尽而死。从此杀一儆百，口口相传，再也无人敢冒犯了。时人称钱家为钱阎王，一直流传至今。

这支钱氏家族的后人，认为此桥有害于他们钱家的坐山，钱氏族人曾想暗暗破坏此桥。当然，这只是听说而已，也没见钱家付诸行动。由于拱桥的年代久远，年久失修，直到20世纪70年代的一天夜里，雷雨交加，突发大水，河水暴涨，桥被冲垮了。至今，小拱桥还有桥墩的遗迹。

往事如烟，岁月沧桑。社会是向前发展的，任何人也阻挡不了社会前进的步伐。佘家人随着社会的变革远走他乡，留下来的钱氏族人继续为社会的进步、自身的生存而努力着、奋斗着。如今，坐落在鲤鱼山上的钱家寨的人们，凭借鲤鱼山的区位优势，在党的惠民政策的关怀下，在金盆乡党委政府的领导下，他们艰苦创业、勤劳拼搏，一个欣欣向荣的灯塔村民组"下马田"的钱家寨，车辆穿梭而行，人流熙来攘往，家兴业旺，人财尽有，正向同步小康迈进。

青林索桥

水城县青林乡灰侬和董地乡山锅庄两村隔河相望，这河就是乌江支流三岔河上游的一段河流抵母河。这座索桥就是用几根钢丝作为护栏和搭上木板的抵母河上索桥。此桥为纳雍以角一带经滥坝至水城必经之地，客流货流量大。经常从这座桥往来的除了当时滥坝区的中坝、董地、万全和南开区的田坝、青林、以角外共6个乡的人外，还有织金、黔西、毕节和大方外县人员。这座索桥曾经经过几番几复的修建和更名。

清朝时期，抵母河两岸的百姓为了交流、沟通、交易，互通有无，更为改善交通和方便生产生活。两岸的百姓就在河岸两旁栽下粗壮的木杆，再到山上采来葛藤系牢在两岸栽好木杆上，用葛藤做溜索在河上自如来回。因此，就称为索桥。这样过了一年又一年，葛藤越来越难采，再加上这种溜索过河的方式不安全，特别是遇到涨水的季节更为危险。

到了清朝道光八年（公元1828年），生活在两岸的彝族安氏族人势力逐渐强大，实力雄厚，就商定由安氏族人捐献银两为两岸百姓做件好事：在抵母河上建一座石拱桥。

安氏族人，你家三两、我家五两、他家八两，修建石拱桥的银两备足后，就动工建桥了。据说，光是建桥时所吃的辣椒就达三、四石，其他粮食那就更多了。经过安氏族人的不懈辛苦劳作，石拱桥按期完工。并在山锅庄这边距离桥近100米的岩石边立了一块石碑，碑首横向阴刻"阴骘渡口"，从由至左竖书阴刻碑文，多数字迹风化，尚能辨其大意：捐献银两所有人的名字、所用去物资、所吃了的食物数量及立碑的时间等内容。从碑到渡口小路后侧，有一小方摩崖石刻，因年代久远，字迹不能辨认。

之后，当地人就把这个地方称为"缩桥"。"缩桥"这一名称一直沿用至19世纪五六十年代。直到19世纪70年代末，才又恢复了"索桥"的称谓，这可是后话了。自从石拱桥"缩"了以后，河两岸的人们就制作一大一小两条木板船渡人、渡物过河。1984年和1987年，由河两岸各选派三户人家出资购买大拇指般粗的钢丝绳和木板，先后建了两座钢丝木板索桥通行。当时，滥坝区的一名姓陈的秘书到缩桥发现并认真看了"阴骘渡口"石碑的碑文后，又将"缩桥"改成"索桥"。"索桥"的名称就一直沿用下来了。2008年修通了山锅庄至灰依的公路时，在据距离索桥近两公里的抵母河的河面上新建了一座钢筋混凝土的桥后，钢丝木板索桥基本上就没有再使用了。

现在水城南开至董地的北部大通道正在如火如荼的建设之中，待北部大通道修建完工后，这座索桥已彻底完成了它的历史使命，将被载入史册，但人们不会也不应该忘记它曾经宝贵的价值和传奇。

南开抢媳妇垭口

地处水城县南开乡与纳雍县佐鸠嘎乡的凉山村，海拔均在2000米以上。因这个地方自古高寒而叫凉山。在明清之前，凉山山高林密，人迹罕至，虎狼成群，是强盗土匪经常出没之地。清乾隆年间，最早在凉山居住的是从江西迁来符姓族人和毕节迁入的付姓族人。之后，又陆续迁入了解姓、黄姓、郭姓、李姓等人家。有关"抢媳妇垭口"这个地名的来由，还得从付姓族人的故事说起。

到了清朝道光年间，居住在这里的付姓族人同辈中先后几年出生几个力大无比的壮汉，特别是付顺卿、付顺成、付斑鸠较为出名。清光绪年间，付姓族人渐渐强盛起来，形成了以付顺卿为首拉拢了周边几十里之内的一些好汉结拜为兄弟的一个土匪团伙。春天，别人播种，他们则游手好闲，到了秋天，他们就只管邀约"弟兄"收获庄稼。但他们有个仗义的原则，就是遵循"兔儿不吃窝边草，老鹰不打窝下食"的古话，对方圆百里之内的，从不巧取豪夺。

清朝光绪年间二月的一天，付顺卿的家人有意安排其雇佣解姓女子及其他人，让解姓女子及其他人到离家约两公里远的塘边大山与南面大坡之间的垭口上烧生地（当地的一种农活）。付顺卿的家人还告诉解姓女子说："今天有点冷，你要多穿点衣服，有好的、新的衣服尽管穿上。"解姓女子固然不知道个中缘由，只好按照主家吩咐的穿上新衣服。随后，解姓女子及其他人就到塘边大山垭口烧生地去了。

解姓女子及其他人在地里铲着草皮，约一个小时，就从东面来了五个骑着马的彪形大汉。就几分钟时间，骑着马的五个彪形大汉就来到地里，其中一个人骑的膘肥体壮的大马头上，还佩戴着一朵丝质的大红花，大红花上系着一个大写的"囍"字，马背上负着一副漆黑光滑的马鞍，一对铜制的脚凳闪闪发光。马鞍上铺着崭新的红丝绒毯子。在场的人吓得目瞪口呆，但看到这种情景，一下就明白是怎么回事了。

突然，那位马鞍上铺着红丝绒毯子的大汉一下马，三步并作两步跨到解姓女子面前，二话没说，一把拉住解姓女子抱起来掉头就走，其他四名大汉随行两旁。在场的人不敢轻举妄动，只好眼睁睁望着五名大汉带着解姓女子飞身上马扬长而去。原来，是土匪首领付顺卿把解姓女子暗中许配给了纳雍猪场一结拜兄弟的陈姓人家，怕解姓女子不愿意，因此，只好上演了这么一出"抢媳妇"的把戏。之后，当地人就把这个垭口称为"抢媳妇垭口"。

付顺卿作为当时的一方土匪首领，有超凡的蛮力。他强横霸道的行为，曾触怒了纳雍勺窝田坝强人张子文。张想除掉他但又苦于斗不过他，真是力不从心。清宣统三年的一天，张子文得知付顺卿要去大定府办事，要经过勺窝田坝。

那天下午，张子文估计付顺卿将到勺窝田坝，张子文就在家门口等候。当付顺卿行至张子文家门口，天色已晚。张子文便诚心挽留付顺卿在他家安歇。之后，张子文就用事先准备好的用蜂蜜勾兑的火头酒，加上放闷烟炖熟的骟鸡肉款待付顺卿。待付顺卿喝得酩酊大醉，无还手之力时，张子文就喊来了几个瓦匠蜂拥而上，将付顺卿打翻在地，并用绳索捆绑连夜送到大定府，请官府处决。

三天之后，不见什么动静，张子文在家像热锅上的蚂蚁急得不得了，害怕付顺卿出来后对他进行报复，便写了封文书，其文书为：

> 凉山有个付顺卿，用的钢刀有九斤。
> 付顺卿只是个名，杀人还有付顺成。
> 带个弟兄吴兴合，天天提个人脑壳。
> 斑鸠是个鹞子眼，随带一千二百人。
> 三天不杀付顺卿，就要打进大定城。

大定府官员接到文书后，就立即下令并处决了付顺卿。付顺卿被处决之后，就由其拜把弟兄吴兴合带着付顺成、付斑鸠一伙人继续在凉山一带称王称霸。那个年代，有势力的人相互争斗，勾心斗角，都想当一方霸主。当时，南开有位势力强大的人想除掉吴兴合，就派其手下的"弟兄"王玉成作为刺客去刺杀吴兴合。王玉成以学徒的身份投靠吴兴合，吴兴合在收王玉成时，还多了份心，怕其是刺客，搜遍了王的全身，但还是没发现王藏在胳肢窝下缝在衣服襦中的那把匕首。

吴兴合与王玉成日同练武、夜同榻眠。吴兴合无杀人之心，而王玉成却有取命之意。一天，他们又在练武。王玉成举起大刀向吴兴合的头部砍来，辛亏吴躲闪快，才没被砍着。吴兴合生气地说："妈的，王玉成，你什么意思？"王玉成反应快，镇静地说："大哥，您放心，兄弟的刀法掌握得很准，您穿十件衣服，即使我砍破了九件，也不会砍到第十件。"

半年之后的一天，吴兴合要出门办事，他与王玉成途经三岔河，在渡船上，坐在后面的王玉成刀出鞘的响声让吴兴合掉转了头。王玉成说："大哥，河上妖魔鬼怪多，用刀避避邪。"当天晚上，他们投宿吴兴合的妹家（其实是付顺卿的幺妹家），王玉成在院窝（大门外）洗脚时，听见漫山遍野的鬼叫声，心想吴兴合命该绝了。

同床睡觉时，吴兴合刚好睡着，王玉成假装肚子痛，哭爹喊娘，把吴兴合吵醒后，吴兴合："我兜肚里有两截木姜子，你先吃下一截，看看如何？"王玉成吃下一截木姜子后，说稍好一点。约午夜一点钟，王玉成又是一翻哭爹叫娘，吴兴合又让王玉成吃下剩下的一截木姜子，王玉成又安静了一会儿。

王玉成假装肚子疼，时断时续三番五次，把个吴兴合折腾得疲惫不堪。约午夜两点过钟，王玉成又哭爹喊娘，见熟睡的吴兴合没反应，王玉成就把吴兴合的头发辫子拴在床方上，用裹脚布带把吴兴合的双手双脚绑在床脚上，然后取出藏在胳肢窝下缝在衣服褊中的匕首，朝吴兴合的胸口一刀猛插下去。吴兴合因疼痛惊醒，轰的一声，连床带人一起站了起来，王玉成见吴兴合无还手之力，就随势将匕首往下一拉，吴兴合的肠子就掉了出来。

这时，付顺卿的幺妹家听见惊叫声来到吴兴合的床边，吴兴合有气无力地说："幺——妹，我——口——干，舀瓢水——我——喝，我把手上的这对银手镯给你留个纪念。"站在一旁的王玉成眼睛瞪着幺妹说："烂母狗，你敢去舀水，老子就连你一起杀。"就这样，幺妹不敢舀水，天还没亮吴兴合就死了。之后，王玉成取下吴兴合手腕上的那对银手镯戴在自己的手上，一刀砍下吴兴合的头颅，便提着领功寻赏去了。

在当时那个土匪横行的年代和社会，在凉山那个地方抢媳妇的事件屡见不鲜。据说，就在民国时期，当地一符姓女子也被金盆土目抢去给其当时任号目的李姓男子为妻。

　　　　　　　　　　　第三辑　乡土情深

青林马蹄井

　　水城县青林乡青林村二屯坡有个马蹄井，井口有大碗口那么大，整个小井颇像一只马蹄踩踏出来的，真是名副其实。说起这个马蹄井的由来，当地还流传着云南平西王吴三桂围剿水西彝族土司统领安仙玉（安坤）的传说故事，历史上称之为"吴王剿水西"。

　　相传在清朝年间，水西彝族土司有一个叫安仙玉的统领，武艺高强，才智过人，为人正直，把个水西治理得井井有条，经济富足，彝民生活美好，岁月欣欣向荣，日子过得红红火火，他的队伍一天天的壮大，他的势力也一天天强胜起来。

　　在清朝顺治年间，当云南平西王吴三桂进兵西南时，水西彝族土司统领安仙玉还主动率部投诚，并先后数次平息地方叛乱，协助吴三桂确保西南稳定。而当时的吴三桂坐镇滇黔，拥兵自重。他见水西一天天的壮大，为永远掌握兵权和扩大地盘，就起了歹心。为了达到自己的目的，几次别有用心地激叛水西土司。据说安仙玉有一个小妾，姿色绝美，而且胴体逸香，吴三桂便向其索求。安坤自然没有答应，于是，吴三桂就对安坤怀恨在心。

　　到清朝康熙年间，贵州各地起兵反清，吴三桂向朝廷借口诬告水西彝族土司安仙玉蓄谋反清，把个皇帝弄得一时慌了手脚，没了主张。吴三桂终于等来了这个机会。慌乱之中，就匆忙指派吴三桂做平西王，领兵进剿水西彝族土司安坤。

清廷为维护对水西的统治，令吴三桂领云南、贵州各镇守兵讨伐安仙玉。经双方几次激烈战斗，被平西王吴三桂打得东奔西跑，四处逃窜，节节败退。后来，由于水西土目司车噶喇叛变，在内外夹击下，水西兵马大败，安坤自知寡不敌众，只好仓皇逃命，率领残兵败将被迫转入深山大箐。

据说安仙玉的战马高大健壮，称为"飞龙马"，一步能飞越千丈峡谷。当安仙玉的队伍败退到青林的凯嘎仲时，已是人困马乏了。但因后有吴三桂的官兵穷追不舍，安仙玉的队伍也只得从凯嘎仲继续往前逃跑。跑到青林的二屯坡时，可能是马实在是渴得太厉害了，就忍不住用前蹄在一个石头上拼命地连刨几下，便在坚硬的石头上刨出一个马蹄印。说也怪，顿时就从石头上的马蹄印内汩汩地冒出了一股清泉。

于是，鏖战沙场千里的兵马终于喝到了甘甜的山泉。从此以后，当地的人们就把这个地方喊为马蹄井，并且一直流传到现在。更奇怪的是，从石头上的马蹄印流出的这股泉水，无论是天晴，还是下雨，其流出的水都没有丝毫的增减。

据历史记载，直到康熙四年（公元1665年），水西彝族土司宣慰使安坤的军队彻底才失败，安坤被吴三桂俘获后，几经折磨才被处死。于是吴三桂奏请废水西宣慰司，改设大定（今大方）、黔西（原水西）、平远（今织金）、威宁（原乌撒）四府。康熙十二年（公元1673年），吴三桂反，安坤遗腹子圣祖得彝族各部支持，在威宁起兵，助清兵平叛，先后收复大定、黔西等地，安圣祖得复任水西宣慰使。康熙三十七年（公元1698年），安圣祖病死，之嗣袭职，清政府乘机改土归流。至此，结束了水西彝族土司在黔西北的统治。

吴王剿水西是水西历史上最大的一场浩劫，比任何一次劫难都更惨烈，所战之处血流成河，惨不忍睹。水西人至今提起都还心有余悸，是心中永远的伤痛。

后　记

　　收入《岁月笔记》这本散文集的作品，是自我1992年就读六盘水市师范学校至今，20年多来陆续写就的零星散文，主要包括了"人间真情""感悟人生"和"乡土情深"三辑，共计40余篇文章。这些文章多数先后在《师范生周报》《中专生文苑》《贵州教育报》《贵州政协报》《新都市文学》《六盘水文学》《六盘水日报》《乌蒙新报》《遵义政协》《六盘水政协》等发表过，有一部分收入到《水城文学作品选》散文卷。

　　"人间真情""感悟人生"两辑中的文章大多数涉及乡亲、亲情、爱情和人生体验及生命感悟。特别是"乡土情深"中的《水城民间小调集萃》，是我利用下乡或脱贫攻坚驻村轮战期间搜集整理的，阐述了20世纪农村的爱情、生产生活等现象，属于农村的原生态文化。经搜集整理，是对即将濒临失传的民间文学、民间文化所做出的一种抢救、传承和保护工作，在物质生活相对富裕的今天，具有一定的价值和意义。

　　"人间真情"中的《家族往事》《魏王符彦卿》两篇文章，写的是家族中古代的人物故事和古代、近代，尤其是现当代家族迁徙、繁衍、发展历程中的辛酸故事。家庭小国家，国家大家庭。从构词法看，"国家"

这个词就由"国"与"家"两个部分组成，即所说的"家国同构"；简单地说，就是家庭和国家在形式上有某些共同之处。《礼记·大学》中的"修身、齐家、治国、平天下"的个人理想，反映了"家"与"国"之间这种同质联系。家族往事，温馨中不免也带些许苍凉与辛酸，世事轮回，长江后浪推前浪。家族苦难辛酸的历史，可以说是国家和民族多灾多难历史的一个缩影。写到此，我不由得在心里默默地念出：是啊，个体的人生命没有永恒，永恒的只有国家、民族和家族。这对研究家族史和那个时代的历史有一定的参考价值。

"乡土情深"中有关地名故事的文章，是应水城县民政局之邀，于2014年工作之余，用半年的时间，经过实地走访6个乡镇的村寨后，对每个地名的来龙去脉作深入的研究考证写出来的。这组文章写出来后，大部分先后在《水城报》《水城文学》刊载过，之后入到《六盘水地名故事》《水城地名故事》《水城故事》等书籍。现收录到本书，似乎感觉有点牵强和多余，但为便于保存，且有一定的历史文化价值，也算是为了凑字数吧！

感谢黄河出版传媒集团阳光出版社责任编辑林薇、胡鹏老师对《岁月笔记》的厚爱！这里，要特别提出的是，有幸请到湖南科技大学人文学院教授潘年英先生为本书作序，对潘先生的溢美之词深表感谢！同时，还要感谢贵州青年版画家、六盘水市美术馆馆长、六盘水市美协主席杨智麟先生和成都圣立文化传播有限公司美术编辑唐小糖女士精美的封面、腰封、书签设计！感谢水城农民画家董成先生的农民画作品《大年三十》作为本书的封面！感谢水城农民画家徐成贵先生的农民画作品《秋看杏黄果熟》作为本书的书签！感谢画家丁恩东先生为我画的作为腰封上用的肖像！感谢妻子刘军的哥哥刘华先生和嫂嫂朱霞丽女士，他们为本书的出版给予经费的支持！感谢家人对我的支持！

最后，因能力水平有限，本书肯定还有很多不足之处，敬望能读到这本书的诸君批评指正，我将感激不尽！

2021年6月9日

符号修改于水城双水